但是情绪的驰骋，显然不是诗或画或任何其他艺术建造的完成。这驰骋此刻虽占了自己生活的若干时间，却并不在空间里占任何一个小小位置！

玲珑煦暖的阳光照人面前，那美的感人力量就不减于
花，不容我生硬地自己把情绪分划为有闲与实际的两
种，而权其轻重，然后再决定取舍的。我也只有情绪
上的一片紊乱。

在冬天还可以算为奇迹，你望着它看，真有点像银，也有点像玻璃，偏偏那么斜挂在梅花的枝梢上。

■ ■ ■

天上立刻露出淡灰色来，只在西方还
有些五彩余辉闪烁着。

■ ■

我默默地在心里说，我这一生总可以说真
正的见过一个称得起美人的人物了。

至多，在舒扬理智的客观里使我偶一回头，看看过去幼年记忆步
履所留的残迹，有点儿惋惜时间；微微怪时间不能保存情绪，保
存那一切情绪所曾流连的境界。

人随着晌午的光霭花气在变幻，那种动，柔谐婉转有如无声音乐，令人悠然轻快，不自觉地脱落伤愁。

背后那一道河水，冻着薄薄的冰，到了中午阳光隔着层层的雾惨白地射在上面。

不妨优雅过一生

林徽因等／著

苏陌／编

吉林出版集团股份有限公司

全国百佳图书出版单位

图书在版编目（ＣＩＰ）数据

不妨优雅过一生 / 林徽因等著；苏陌编. -- 长春：
吉林出版集团股份有限公司, 2020.9
（中国名家精品书系）
ISBN 978-7-5581-8622-6

Ⅰ. ①不… Ⅱ. ①林… ②苏… Ⅲ. ①散文集－中国
－现代 Ⅳ. ①I266

中国版本图书馆CIP数据核字(2020)第110343号

不妨优雅过一生
BUFANG YOUYA GUO YISHENG

林徽因等　著　苏陌　编

策　　划	曹　恒		责任编辑	林　丽
执行策划	祖　航　林　丽		设　　计	李宏萍
特约编辑	夏　尔			

开　　本	880mm×1230mm　1/32	出版 / 发行	吉林出版集团股份有限公司
印　　张	8	地　　址	吉林省长春市福祉大路 5788 号
字　　数	150千	邮　　编	130000
版　　次	2020 年 9 月第 1 版	邮　　箱	tuzi8818@126.com
印　　次	2020 年 9 月第 1 次印刷	电　　话	0431-81629968

北京洲际印刷有限责任公司　　ISBN 978-7-5581-8622-6　　定价　38.00 元

目录

1

2

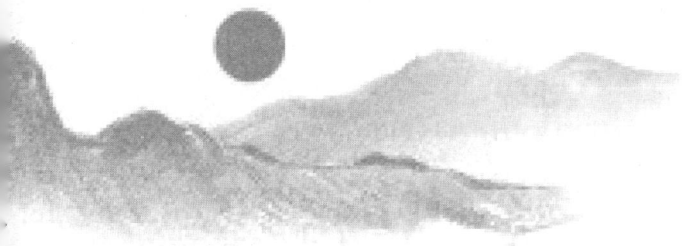

辑一

你是

人间四月天

楼上看山，城头看雪，灯前看月，舟中看霞，

月下看美人，另是一番情境。

一片阳光

林徽因

>>>

放了假，春初的日子松弛下来。将午未午时候的阳光，澄黄的一片，由窗棂横浸到室内，晶莹地四处射。

我有点发怔，习惯地在沉寂中惊讶我的周围。我望着太阳那湛明的体质，像要辨别它那交织绚烂的色泽，追逐它那不着痕迹的流动。看它洁净地映到书桌上时，我感到桌面上平铺着一种恬静，一种精神上的豪兴，情趣上的闲逸；即或所谓"窗明几净"，那里默守着神秘的期待，漾开诗的气氛。

那种静，在静里似可听到那一处琤玱的泉流，和着仿佛是断续的琴声，低诉着一个幽独者自娱的音调。

看到这同一片阳光射到地上时，我感到地面上花影浮动，暗香吹拂左右，人随着晌午的光霭花气在变幻，那种动，柔谐婉转有如无声音乐，令人悠然轻快，不自觉地脱落伤愁。至多，在舒扬理智的客观里使我偶一回头，看看过去幼年记忆步履所留的残迹，有点儿惋惜时间；微微怪时间不能保存情绪，保存那一切情绪所曾流连的境界。

倚在软椅上不但奢侈，也许更是一种过失，有闲的过失。但东坡的辩护："懒者常似静，静岂懒者徒"，不是没有道理。如果此刻不倚榻上而"静"，则方才情绪所兜的小小圈子便无条件地失落了去！人家就不可惜它，自己却实在不能不感到这种亲密的损失的可哀。

就说它是情绪上的小小旅行吧，不走并无不可，不过走走也未始不是更好。归根说，我们活在这世上到底最珍惜一些什么？果真珍惜万物之灵的人的活动所产生的种种，所谓人类文化？这人类文化到底又靠一些什么？

我们怀疑或许就是人身上那一撮精神同机体的感觉，生理心理所共起的情感，所激发出的一串行为，所聚敛的一点智慧——那么一点点人之所以为人的表现。

宇宙万物客观的本无所可珍惜，反映在人性上的山川、草木、禽兽才开始有了秀丽，有了气质，有了灵犀。反映在人性上的人自己更不用说。没有人的感觉，人的情感，即便有自然，也就没有自然的美，质或神方面更无所谓人的智慧，人的创造，人的一切生活艺术的表现！

这样说来，谁该鄙弃自己感觉上的小小旅行？为壮壮自己胆子，我们更该相信唯其人类有这类情绪的驰骋，实际的世间才赓续着产生我们精神所寄托的文物精粹。

此刻我竟可以微微一咳嗽，乃至于用播音的圆润口调说：我们既然无疑的珍惜文化，即尊重盘古到今种种的艺术——无论是抽象的思想的艺术，或是具体的驾驭天然材料另创的非天然形象——则对于艺术所由来的渊源，那点点人的感觉，人的情感智慧（通称人的情绪），又当如何地珍惜才算合理？

但是情绪的驰骋，显然不是诗或画或任何其他艺术建造的完成。这驰骋此刻虽占了自己生活的若干时间，却并不在空间里占任何一个小小位置！这个情形自己需完全明了。

此刻它仅是一种无踪迹的流动，并无栖身的形体。它或含有各种或可捉摸的质素，但是好奇地探讨这个质素而具体要表现它的差事，无论其有无意义，除却本人外，别人是无能为力的。

我此刻为着一片清婉可喜的阳光，分明自己在对内心交流变化的各种联想发生一种兴趣的注意。换句话说，这好奇与兴趣的注意已是我此刻生活的活动。一种力量又迫着我来把握住这个活动，而设法表现它，这不易抑制的冲动，或即所谓艺术冲动也未可知！

只记得冷静的杜工部散散步，看看花，也不免会有"江上被花恼不彻，无处告诉只颠狂"的情绪上一片紊乱！玲珑煦暖的阳光照人面前，那美的感人力量就不减于花，不容我生硬地自己把情绪分划为有闲与实际的两种，而权其轻重，然后再决定取舍的。我也只有情绪上的一片紊乱。

情绪的旅行本是偶然的事，今天一开头并为着这片春初晌午的阳光，现在也还是为着它。房间内有两种豪侈的光常叫我的心绪紧张如同花开，趁着感觉的微风，深浅零乱于冷智的枝叶中间。一种是烛光，高高的台座，长垂的烛泪，熊熊红焰当帘幕四下时各处光影掩映。那种闪烁明艳，雅有古意，明明是画中景象，却含有更多诗的成分。另一种便是这初春晌午的阳光，到时候有意无意的大片子洒落满室，那些窗棂、栏板、几案、笔砚浴在光霭中，一时全成了静物图案；再有红蕊细枝点缀几处，室内更是轻香浮溢，叫人俯仰全触到一种灵性。

这种说法怕有点会发生误会，我并不说这片阳光射入室内，需要笔砚花香那些儒雅的托衬才能动人，我的意思倒是：室内顶寻常的一些供设，只要一片阳光这样又幽娴又洒脱地落在上面，一切都会带上另一种动人的气息。

这里要说到我最初认识的一片阳光。那年我六岁，记得是刚刚出了水珠以后——水珠即寻常水痘，不过我家乡的话叫它做水珠。当时我很喜欢那美丽的名字，忘却它是一种病，因而也觉到一种神秘的骄傲。只要人过我窗口问问出"水珠"吗？我就感到一种荣耀。那个感觉至今还印在脑子里。也为这个缘故，我还记得病中奢侈的愉悦心境。

虽然同其他多次的害病一样，那次我仍然是孤独的被囚禁在一间房屋里休养的。那是我们老宅子里最后的一进房子，白粉墙围着小小院子，北面一排三间，当中夹着一个开敞的厅堂。我病在东头娘的卧室里。西头是婶婶的住房。娘同婶永远要在祖母的前院里行使她们女人们的职务的，于是我常是这三间房屋唯一留守的主人。

在那三间屋子里病着，那经验是难堪的。时间过得特别慢，尤其是在日中毫无睡意的时候。起初，我仅集注我的听觉在各种似脚步，又不似脚步的上面。猜想着，等候着，希望着人来。间或听听隔墙各种琐碎的声音，由墙基底下传达出来又消敛了去。过一会，我就不耐烦了——不记得是怎样的，我就趿着鞋，挨着木床走到房门边。房门向着厅堂斜斜地开着一扇，我便扶着门框好奇地向外探望。

那时大概刚是午后两点钟光景，一张刚开过饭的八仙桌，异常寂寞地立在当中。桌下一片由厅口处射进来的阳光，泄泄融融地倒在那里。一个绝对悄寂的周围伴着这一片无声的金色的晶莹，不知为什么，忽使我六岁孩子的心里起了一次极不平常的振荡。

那里并没有几案花香，美术的布置，只是一张极寻常的八仙桌。如果我的记忆没有错，那上面在不多时间以前，是刚陈列过咸鱼、酱菜一类极寻常俭朴的午餐的。小孩子的心却呆了。或许两只眼睛倒张大一点，四处地望，似乎在寻觅一个问题的答案。为什么那片阳光美得那样动人？

我记得我爬到房内窗前的桌子上坐着，有意无意地望望窗外，院里粉墙疏影同室内那片金色和煦绝然不同趣味。顺便我翻开手边娘梳妆用的旧式镜箱，又上下摇动那小排状抽屉，同那刻成花篮形小铜坠子，不时听雀跃过枝清脆的鸟语。心里却仍为那片阳光隐着一片模糊的疑问。

时间经过二十多年，直到今天，又是这样一泄阳光，一片不可捉摸，不可思议流动的而又恬静的瑰宝，我才明白我那问题是永远没有答案的。事实上仅是如此：一张孤独的桌，一角寂寞的厅堂。一只灵巧的镜箱，或窗外断续的鸟语，和水珠——那美丽小孩子的病名——便凑巧永远同初春静沉的阳光整整复斜斜地成了我回忆中极自然的联想。

窗外的春光

庐隐

>>>

　　几天不曾见太阳的影子，沉闷包围了她的心。今早从梦中醒来，睁开眼，一线耀眼的阳光已映射在红色的壁上，她连忙披衣起来，走到窗前，把洒着花影的素幔拉开。前几天种的素心兰，已经开了几朵，淡绿色的瓣儿，衬了一颗朱红色的花心，风致真特别，即所谓"冰洁花丛艳小莲，红心一缕更嫣然"了。同时一股沁人心脾的幽香，喷鼻醒脑，平板的周遭，立刻涌起波动，春神的薄翼，似乎已扇动了全世界凝滞的灵魂。

说不出是喜悦，还是惆怅，但是一颗心灵涨得满满的——莫非是满园春色关不住——不，这连她自己都不能相信；然而仅仅是为了一些过去的眷恋，而使这颗心不能安定吧！本来人生如梦，在她过去的生活中，有多少梦影已经模糊了，就是从前曾使她惆怅过，甚至于流泪的那种情绪，现在也差不多消逝净尽，就是不曾消逝的而在她心头的意义上，也已经变了色调，那就是说从前以为严重了不得的事，现在看来，也许仅仅只是一些幼稚的可笑罢了！

兰花的清香，又是一阵浓厚的包袭过来，几只蜜蜂嗡嗡地在花旁兜圈子，她深切的意识到，窗外已充满了春光；同时二十年前的一个梦影，从那深埋的心底复活了：

一个仅仅十零岁的孩子，为了脾气的古怪，不被家人们的了解，于是把她送到一所囚牢似的教会学校去寄宿。那学校的校长是美国人——一个五十岁的老处女，对于孩子们管得异常严厉，整月整年不许孩子们走出那所筑建庄严的楼房外去。四围的环境又是异样的枯燥，院子是一片沙土地；在角落里时时可以发现被孩子们踏陷的深坑，坑里纵横着人体的骨骼，没有树也没有花，所以也永远听不见鸟儿的歌曲。

春风有时也许可怜孩子们的寂寞吧！在那洒过春雨的土地上，吹出一些青草来——有一种名叫"辣辣棍棍"的，那草根有些甜辣的味儿，孩子们常常伏在地上，寻找这种草根，放在口里细细的嚼咀。这可算是春给他们特别的恩惠了！

那个孤零的孩子，处在这种阴森冷漠的环境里，更是倔强。她没有朋友，在她那小小的心灵中，虽然还不曾认识什么是世界，也不会给这个世界一个估价，不过她总觉得自己所处的这个世界，是有些乏味的；她追求另一个世界。在一个春风吹得最起劲的时候，她的心也燃烧着更热烈的希冀。但是这所囚牢似的学校，那一对黑漆漆的大门仍然严严的关着，就连从门缝看看外面的世界，也只是一个梦想。于是在下课后，她独自跑到地窖里去，那是一个更森严可怕的地方，四围是石板做的墙，房顶也是冷冰冰的大石板，走进去便有一股冷气袭上来，可是在她的心里，总觉得比那死气沉沉的校舍多少有些神秘性吧。最能引诱她的当然还是那几扇矮小的窗子，因为窗子外就是一座花园。这一天，她忽然看见窗前一丛蝴蝶兰和金钟罩已经盛开了，这算给了她一个大诱惑，自从发现了这窗外的春光后，这个孤零的孩子，在她的生命上，也开了一朵光明的花，她每天一只猫儿般，只要有工夫，便蜷伏在那地窖的窗子上，默然地幻想着窗外神秘的世界。

她没有哲学家那种富有根据的想象，也没有科学家那种理智的头脑，她小小的心，只是被一种天所赋予的热情紧咬着。她觉得自己所坐着的这个地窖，就是所谓人间吧——一切都是冷硬淡漠，而那窗子外的世界却不一样了。那里一切都是美丽的、和谐的、自由的吧！她欣羡着那外面的神秘世界，于是那小小的灵魂，每每跟着春风，一同飞翔了。她觉得自己变成了一只蝴蝶，在那盛开着美丽的花丛中翱翔着，有时她觉得自己是一只小鸟，直扑天空，伏在柔软的白云间甜睡着。她整日支着颐不动不响的尽量陶醉，直到夕阳逃到山背后，大地垂下黑幕时，她才快快地离开那灵魂的休憩地，回到陌生的校舍里去。

她每日每日照例的到地窖里来——一直过完了整个的春天。忽然她看见蝴蝶兰残了，金钟罩也倒了头，只剩下一丛深碧的叶子，苍茂的在熏风里撼动着，那时她竟莫名其妙地流下眼泪来。这孩子真古怪得可以，十零岁的孩子前途正远大着呢，这春老花残，绿肥红瘦，怎能惹起她那么深切的悲感呢？！但是这孩子从小就是这样古怪，因此她被家人所摒弃，同时也被社会所摒弃。在她的童年里，便只能在梦境里寻求安慰和快乐，一直到她否认现实世界的一切，她终成了一个疏狂孤介的人。在她三十年的岁月里，只有这些片段的梦境，维系着她的生命。

阳光渐渐的已移到那素心兰上，这目前的窗外春光，撩拨起她童年的眷恋，她深深地叹息了："唉，多缺陷的现实的世界呵！在这春神努力的创造美丽的刹那间，你也想遮饰起你的丑恶吗？人类假使连这些梦影般的安慰也没有，我真不知道人们怎能延续他们的生命哟！"

但愿这窗外的春光，永驻人间吧！她这样虔诚的默祝着，素心兰像是解意般的向她点着头。

春意挂上了树梢

萧红

>>>

　　三月花还没有开，人们嗅不到花香，只是马路上融化了积雪的泥泞干了起来。天空打起朦胧的多有春意的云彩，暖风似轻纱一般浮动在街道上、院子里。春末了，关外的人们才知道春来。春是来了，街头的白杨树蹿着芽，拖马车的马冒着气，马车夫们的大毡靴也不见了，行人道上外国女人的脚又从长筒套鞋里显现出来。笑声，见面打招呼声，又复活在行人道上。商店为着快快地传播春天的感觉，橱窗里的花已经开了，草也绿了，那是布置着公园的夏景。我看得很凝神的时候，有人撞了我一下，是汪林，她也戴着那样小檐的帽子。

"天真暖啦！走路都有点热。"

看着她转过"商市街"，我们才来到另一家店铺，并不是买什么，只是看看，同时晒晒太阳。这样好的人行道，有树，也有椅子，坐在椅子上，把眼睛闭起，一切春的梦，春的谜，春的暖力……这一切把自己完全陷进去。听着，听着吧！春在歌唱……

"大爷，大奶奶……帮帮吧！……"这是什么歌呢，从背后来的？这不是春天的歌吧！

那个叫花子嘴里吃着个烂梨，一条腿和一只脚肿得把另一只显得好像不存在似的。

"我的腿冻坏啦！大爷，帮帮吧！唉唉……！"

有谁还记得冬天？阳光这样暖了！街树蹿着芽！

手风琴在街道唱起来，这也不是春天的调，只要一看那个瞎人为着拉琴而挪歪的头，就觉得很残忍。瞎人他摸不到春天，他没有。坏了腿的人，他走不到春天，他有腿也等于无腿。

世界上这一些不幸的人，存在着也等于不存在，倒不如赶早把他们消灭掉，免得在春天他们会唱这样难听的歌。

汪林在院心吸着一支烟卷，她又换了一套衣裳。那是淡绿色的，和树枝上发出的芽一样的颜色。她腋下夹着一封信，看见我们，赶忙把信送进衣袋去。

"大概又是情书吧！"郎华随便说着玩笑话。

她跑进屋去了。香烟的烟缕在门外打了一下旋卷才消灭。

夜，春夜，中央大街充满了音乐的夜。流浪人的音乐，日本舞场的音乐，外国饭店的音乐……七点钟以后，中央大街的中段，在一条横口，那个很响的扩音机哇哇地叫起来，这歌声差不多响彻全街。若站在商店的玻璃窗前，会疑心是从玻璃发着震响。一条完全在风雪里寂寞的大街，今天又号叫起来。

外国人，绅士样的、流氓样的，老婆子，少女们，跑了满街……有的连起人排来封闭住商店的窗子，但这只限于年轻人。也有的同唱机一样唱起来，但这也只限于年轻人。这好像是特有的年轻人的集会。他们和姑娘们一道说笑，和姑娘们连起排来走。中国人来混在这些卷发人中间，少得只有七分之一，或八分之一。但是汪林在其中，我们又遇到她。她和另一个也和她同样打扮漂亮的、白脸的女人同走……卷发的人用俄国话说她漂亮。她也用俄国话和他们笑了一阵。

中央大街的南端，人渐渐稀疏了。

墙根，转角，都发现着哀哭，老头子，孩子，母亲们……哀哭着的是永久被人间遗弃的人们！那边，还望得见那边快乐的人群，还听得见那边快乐的声音。

三月，花还没有，人们嗅不到花香。

夜的街，树枝上嫩绿的芽子看不见，是冬天吧？是秋天吧？但快乐的人们，不问四季总是快乐；哀哭的人们，不问四季也总是哀哭！

绿　屋

石评梅

>>>

我要谢谢上帝呢我们能有宁静的今日。

这时我正和清坐在菊花堆满的碧纱窗下，品着淡淡的清茶，焚着浓浓的檀香。我们傲然的感到自己用心血构成小屋的舒适，这足以抵过我们逢到的耻辱和愤怒了。

我默望着纱窗外血红的爬山虎叶子沉思着。我忆起替清搬东西来绿窗的那个黄昏。许多天的黄昏都一样吧，然而这个黄昏特别深画着悲怆之痕。当我负了清的使命坐车去学校时的路上，我便感到异样，因为我是去欢迎空寂，我是去接见许多不敢想象的森严面孔，又担心着怕林素园误会了我，硬叫校警抓出去时的气愤和羞愧。我七年未忘，常在她温暖的怀中蜷伏着的红楼，这次分外的冷酷无情。

我抱着这样的心情走进校门，我站在她寝室门前踟蹰了，我不推门进去，我怕惊醒了那凄静的沉寂。我又怕璧姊和秀姊在里边，我不愿逢见她们，见了她们我脆弱的心要颤抖的流下泪来，我怎忍独自来拣收这人去后的什物呢！本来清还健在，只不过受林素园的一封"函该生知悉"的信，而驱逐出。不过我来收东西时忽然觉着似乎她是死了的情形。

在门外立了半天，终于鼓着勇气推开了门，幸而好她们都不在，给与我这整个的空寂。三支帐低赤裸，窗外的淡淡的阳光射璧姊的床缘上。清赤裸的木板上堆着她四年在红楼集聚下的物事，它们静静放在那里，我感到几付僵尸卧着一样。收拾清楚后在这寂静的屋内环视一周，我替清投射这最后留恋的心情。我终于大胆地去办公处见她，向她们拿出箱笼去的通行证。

允许我忏悔吧！我那时心情太汹涌了，曾将我在心里的怨愤泄露给我们的朋友叔举君。她默默承受了之后，我悔了，我觉不应错怪她。拿了通行证后，我又给璧姊写了个纸条，告诉她，清的东西我已搬去了，有拿错的请她再同去清去换，末了我写了"再见"，这"再见"两字那时和针一样刺着我。

莫有人知道，我悄悄独自提着清的小箱走出了校门。是这样走的，极静极静，无人注意的时候我逃出了这昔日令我眷恋，今日令我悲戚的红楼。

记得我没有回顾，车到了顺治门铁栏时，我忽然想起四年前我由红楼搬到寄宿校舍的情形，不过那时我是眷恋，如今我是愤恨。

进了校场头条北口，便看见弱小的清站在红漆的朱门前，她正在拿着车钱等着我。这次看见她似乎久别乍逢，又似乎噩梦初醒，说不出的一种凄酸压在我的胸上喉头。她也凝视着她那些四年来在红楼伴着她的书籍而兴起一缕哀感！

这夜我十点钟才回来，我和她默默地整理床褥，整理书箱，整理这久已被人欺凌，久已被人践踏，久已无门归处而徘徊于十字街头的心。

月色凄寒如水，令我在静冷的路上，更感到人心上的冰块，或者不是我们的热泪所能融化！人面上的虚伪，或者不是我们的赤心所能转换。我们的世界加入终于是理想的梦，那么这现世终于要遗弃我们的，我们又不能不踽踽的追寻着这不可期待的梦境，这或许是我们心中永远的恶伧之痕吧！

这一夜，我不知她怎样过去的，在漂泊的枕上，在一个孤清生疏的枕上。

如今，她沉默的焚着香，在忏悔祈祷什么我不知道。不过她是应该感谢上帝，她如今有了这富有诗情富有画意的绿屋，来养息她受创的小灵魂。

梅花小鹿

——寄晶清

石评梅

>>>

我是很欣慰的正在歌舞：无意中找到几枝苍翠的松枝，和红艳如火的玫瑰；我在生命的花篮内，已替他们永久在神前赞祝且祈祷：

当云帷深处，悄悄地推出了皎洁的明月；汩汩的溪水，飘着落花东去的时候：我也很希望遥远的深林中，燃着光明的火把，引导我偷偷蹚过了这荒芜枯寂的墓道。虽是很理想的实现，但在这个朦胧梦里，我依稀坐着神女的皇辇，斑驳可爱的梅花小鹿驾驰在白云迷漫途中。愿永远作朋友们的疑问？晶清！在你或须不诅咒我的狂妄吧！

绮丽的故事，又由我碎如落花般的心里，默默地浮动着。朋友，假如你能得件宝贵而可以骄傲的礼赠时；或者有兴迫你由陈旧的字笼里，重读这封神秘不惊奇而平淡的信。

我隔绝了那银采的障幕，已经两个月了，我的心火燃成了毒焰的火龙，在夜的舞宴上曾惊死了青春的少女！在浓绿的深林中，曾误伤了Cupid 的翅膀！当我的心坠在荆棘丛生的山涧下时，我的血染成了极美丽的杜鹃花！但我在银幕的后面，常依稀听到遥远的旅客。由命运的铁链下，发出那惨切恐怖的悲调！虽然这不过仅是海面吹激的浪花，在人间的历程上，轻轻地只拨弹了几丝同情的反应的心弦！谁能想到痛苦的情感所趋，挂在颊上的泪珠，就是这充满了交流的结果呵！确是应该诅咒的，也是应该祝福的，在我将这颗血心掷在山涧下的时候：原未料到她肯揭起了隔幕，伸出她那洁白的玉臂，环抱着我这烦闷的苦痛的身躯呵！朋友，我太懦弱了！写到这里竟未免落泪……或须这是生命中的创伤？或须这是命运的末日？当这种同情颁赐我的时候，也同是苦恼缠绕的机会吧？

晶清：我很侥幸我能够在悲哀中，得到这种比悲哀还要沉痛的安慰，我是欣喜的在漠漠的沙粒中，择出了血斑似的珍珠！这样梦境实现后，宇宙的一切，在我眼底蓦然间缩小，或须我能藏它在我生命的一页上。

生命虽然是倏忽的，但我已得到生命的一瞥灵光，人世纵然是虚幻的，但我已找到永存的不灭之花！

人间的事，每每是起因和结果，适得其反的，惟其我能盛气庄容的误会我的朋友，才可由薄幕下渗透那藏在深处，不易揭示的血心！以后命运决定了：历史的残痕，和这颗破缺的碎心！

三年前的一个夏天，我和梅影同坐在葡萄架下，望那白云的漂浮，听着溪流的音韵：当时的风景是极令人爱慕的。他提出个问题，让我猜他隐伏在深心内的希望和志愿；我不幸一一都猜中之后，他不禁伏在案上啜泣了！在这样同心感动之下，他曾说过几句耐人思索的话：

"敬爱的上帝！将神经的两端，一头给我，一头付你：纵然我们是被银幕隔绝了的朋友，永远是保持着这淡似水的友情，但我们在这宇宙中，你是金弦，我是玉琴，心波协和着波动，把人类都沉醉在这凄伤的音韵里。"

是的，我们是解脱了上帝所赐给一般庸众的圈套，我们只弹着这协和的音韵，在云头浮飘！但晶清，除了少数能了解的朋友外，谁能不为了银幕的制度命运而诅咒呢？

朋友：在这样的人间，最能安慰人的，只有空泛的幻想，原知道浓雾中看花是极模糊的迹象；但比较连花影都莫有的沙漠，似乎已可少慰远途旅客的孤寂。人类原是占有性最发达的动物，假如把只心燕由温暖的心窠，捉入别个银丝的鸟笼，这也是很难实现的事。晶清！我一生的性情执拗处最多，所以我这志愿恐将笼罩了这遥远的生之途程，或者这是你极怀疑的事。

三点钟快到了，我只好抛弃了这神经的萦想，去那游戏场上，和一般天真可爱的少女，捉那生之谜去。好友！当你香云拖地，睡眼朦胧的时候，或能用欣喜而颤抖的手，接受这香艳似碧桃一般的心花！

梦 回

石评梅

>>>

　　这已是午夜人静，我被隔房一阵痛楚的呻吟惊醒！睁开眼时，一盏罩着绿绸的电灯，低低的垂到我床前，闪映着白漆的几椅和镜台。绿绒的窗帷长长的拖到地上；窗台上摆着美人蕉。摆着梅花，摆着水仙，投进我鼻端的也辨不出是哪一种花香？墙壁的颜色我写不出，不是深绿，不是浅碧，像春水又像晴天，表现出极深的沉静与幽暗。我环顾一周后，不禁哀哀的长叹一声！谁能想到呢！我今夜来到这陌生的室中，睡在这许多僵尸停息过的床上做这惊心的碎梦。谁能想到呢！除了在暗中捉弄我的命运，和能执掌着生机之轮的神。

这时候，门轻轻地推开了。进来一个黑衣罩着的白坎肩戴着白高冠的女郎，在绿的灯光下照映出她娇嫩的面靥，尤其可爱的是一双黑而且深的眼；她轻盈婀娜地走到我床前。微笑着说："你醒了！"声音也和她的美丽一样好听！走近了，细看似乎像一个认识的朋友，后来才想到原来像去秋死了的婧姊。不知为什么我很喜欢她；当她把测验口温的表放在我嘴里时，我凝视着她，我是愿意在她依稀仿佛的面容上，认识我不能再见的婧姊呢！

"你还须静养不能多费思想的，今夜要好好的睡一夜，明天也许会好的，你不要焦急！"她的纤纤玉手按着我的右腕，斜着头说这几句话。我不知该怎样回答她，我只微笑的点点头。她将温度写在我床头的一个表上后，她把我的被又向上拉了拉，把汽炉上的水壶拿过来。她和来时一样又那么轻盈婀娜的去了。电灯依然低低的垂到我床前，窗帷依然长长的拖到地上，室中依然充满了沉静和幽暗。

她是谁呢？她不是我的母亲，不是我的姊妹，也不是我的亲戚和朋友，她是陌生的不相识的一个女人；然而她能温慰我服侍我一样她不相识的一个病人。当她走后我似乎惊醒的回忆时，我不知为何又感到一种过后的惆怅，我不幸做了她的伤羊。我合掌谢谢她的来临，我像个小白羊，离群倒卧在黄沙凄迷的荒场，她像月光下的牧羊女郎，抚慰着我的惊魂，吻照着我的创伤，使我由她洁白仁爱的光里，看见了我一切亲爱的人，忘记了我一切的创痛。

我哪能睡，我哪能睡，心像狂飙吹拂一样的汹涌不宁；往事前尘，历历在我脑海中映演，我又跌落在过去的梦里沉思。心像焰焰进射的火山，头上的冰囊也消融了。我按电铃，对面小床上的漱玉醒了，她下床来看我，我悄悄地拉她坐在我床边，我说："漱妹，你不要睡了，再有两夜你就离开我去了，好不好今夜我俩联床谈心？"漱玉半天也不说话，只不停的按电铃，我默默望着她娇小的背影咽泪！女仆给我换了冰囊后，漱玉又转到我床前去看我刚才的温度，在电灯下呆立了半晌，她才说："你病未脱险期，要好好静养，不能多费心思多说话，你忘记了刚才看护吩咐你的话吗？"她说话的声音已有点抖颤，而且她的头低低的垂下，我不能再求了。好吧！任我们同在这一室中，为了病把我们分隔的咫尺天涯；临别了，还不能和她联床共话消此长夜，人间真有许多想不到梦不到的缺憾。我们预想要在今夜给漱玉饯最后的别宴，也许这时候正在辉煌的电灯下各抱一壶酒，和泪痛饮，在这凄楚悲壮的别宴上，沉痛着未来而醺醉。哪知这一切终于是幻梦，幻梦非实，终于是变，变异非常；谁料到凄哀的别宴，到时候又变出惊人的惨剧！

这间病房中两张铁床上，卧着一个负伤的我，卧着一个临行的她，我们彼此心里都怀有异样的沉思和悲哀；她是山穷水尽无路可通，还要挣扎着去投奔远道，在这冰天雪地，寒风凄紧的时候，要踏出一条道路，她不管上帝付给的是什么命运。我呢，原只想在尘海奔波中消磨我的岁月和青春，哪料到如今又做了十字街头，电车轮下，幸逃残生的负伤者！生和死一刹那间，我真愿晕厥后再不醒来，因为我是不计较到何种程度才值得死，希望得什么泰山鸿毛一类的虚衔。假如死一定要和我握手，我虽不愿也不能拒绝，我们终日在十字街头往来奔波，活着出门的人，也许死了才抬着回来。这类意外的惨变，我们且不愿它来临，然而也毫无力量可以拒绝它来临。

我今天去学校时，自然料不到今夜睡在医院，而且负了这样沉重的伤。漱玉本是明晨便要离京赴津的，她哪能想到在她临行时候，我又遭遇了这样惊人心魂的惨劫？因之我卧在病床上深深地又感到了人生多变，多变之中固然悲惨凄哀，不过有时也能找到一种意想不及的收获。我似乎不怎样关怀我负伤的事，我只回想着自己烟云消散后的旧梦，沉恋着这惊魂乍定，恍非身历的新梦。

漱玉喂我喝了点牛奶后，她无语的又走到她床前去，我望着沉重的双肩长叹！她似乎觉着了。回头向我苦笑着说："为什么？"我也笑了，我说："不知道？"她坐在床上，翻看一本书。我知她零乱的心绪，大概她也是不能睡；然而她知我也是不愿意睡，所以她又假睡在床上希望着我静寂中能睡。她也许不知道我已厌弃睡，因为我已厌弃了梦，我不愿入梦，我是怕梦终于又要惊醒！

有时候我曾羡慕过病院生活，我常想有了病住几天医院，梦想着这一定是一个值的描写而别有兴感的环境；但是今夜听见了病人痛楚的呻吟，看见了白衣翩跹的看护，寂静阴惨的病室，凄哀暗淡的灯光时，我更觉的万分悲怆！深深地回忆到往日病院的遗痕，和我心上的残迹，添了些此后离梦更遥的惆怅！而且愿我永远不再踏进这肠断心碎的地方。

心绪万端时，又想到母亲。母亲今夜的梦中，不知我是怎样的入梦？母亲！我对你只好骗你，我那能忍把这些可怕可惊的消息告诉你。为了她我才感谢上苍，今天能在车轮下逃生，剩得这一付残骸安慰我白发皤皤的双亲。为了母亲我才珍视我的身体，虽然这一付腐蚀的残骸，不值爱怜；但是被母亲的爱润泽着的灵魂，应该随着母亲的灵魂而安息，这似乎是暗中的声音常在诏示着我。然而假使我今天真的血迹模糊横卧在车轨上时，我虽不忍抛弃我的双亲也不能。想到此我眼中流下感谢的泪来！

　　路既未走完，我也只好背起行囊再往前去，不管前途是荆棘是崎岖，披星戴月的向前去。想到这里我心才平静下，漱玉蜷伏在床上也许已经入了梦，我侧着身子也想睡去，但是脑部总是迸发出火星，令我不能冷静。

　　夜更静了，绿帷后似乎映着天空中一弯残月。我由病床上起来，轻轻地下了床，走到窗前把绿帷拉开，惨白的月光投射进来，我俯视月光照着的楼下，在一个圆形的小松环围的花圃里中央，立着一座大理石的雕像，似乎是一个俯着合掌的女神正在默祷着！这刹那间我心海由汹涌而归于枯寂，我抬头望着天上残月和疏星，低头我又看在凄寒冷静的月夜里，那一个没有性灵的石像；我痴倚在窗前沉思，想到天明后即撒手南下的漱玉，又想到从死神羽翼下逃回的残躯，我心中觉着辛酸万分，眼泪一滴一滴流到炎热的腮上。

我回到床前，月光正投射到漱玉的身上，窗帷仍开着，睁眼可以看见一弯银月，和闪烁的繁星。

夏的歌颂

庐隐

>>>

出汗不见得是很坏的生活吧，全身感到一种特别的轻松。尤其是出了汗去洗澡，更有无穷的舒畅，仅仅为了这一点，我也要歌颂夏天。

其久被压迫，而要挣扎过——而且要很坦然的过去，这也不是毫无意义的生活吧。春天是使人柔困，四肢瘫软，好像受了酒精的毒，再无法振作；秋天呢，又太高爽，轻松使人忘记了世界上有骆驼——说到骆驼，谁也忘不了它那高峰凹谷之间的重载，和那慢腾腾、不尤不怨地往前走的姿势吧！冬天虽然是风雪严厉，但头脑尚不受压榨。只有夏天，它是无隙不入的压迫你，你每一个毛孔，每一根神经，都受着重大的压榨；同时还有臭虫、蚊子、苍蝇助虐的四面夹攻，这种极度紧张的夏日生活，正是训练人类变成更坚强而有力量的生物。因此我又不得不歌颂夏天！

二十世纪的人类，正度着夏天的生活——纵然有少数阶级，他们是超越天然，而过着四季如春般的享乐的生活，但这太暂时了，时代的轮子，不久就要把这特殊的阶级碎为齑粉。夏天的生活是极度紧张而严重，人类必要努力的挣扎过，尤其是我们中国，不论士、农、工、商、军，哪一个不是喘着气，出着汗，与紧张压迫的生活拼命呢？脆弱的人群中，也许有诅咒，但我却以为只有虔敬的承受，我们尽量的出汗，我们尽量的发泄我们的生命之力，最后我们的汗液，便是甘霖的源泉，这炎威逼人的夏天，将被这无尽的甘霖所毁灭，世界变得清明爽朗。

夏天是人类生活中，最雄伟壮烈的一个阶段，因此，我永远的歌颂它。

你是人间的四月天

——一句爱的赞颂

林徽因

>>>

我说你是人间的四月天；

笑响点亮了四面风；

轻灵在春的光艳中交舞着变。

你是四月早天里的云烟，

黄昏吹着风的软，

星子在无意中闪，

细雨点洒在花前。

那轻，那娉婷，你是，

鲜妍百花的冠冕你戴着，

你是天真，庄严，

你是夜夜的月圆。

雪化后那片鹅黄，你像；

新鲜初放芽的绿，你是；

柔嫩喜悦，

水光浮动着你梦期待中白莲。

你是一树一树的花开，

是燕在梁间呢喃，——

你是爱，是暖，是希望，

你是人间的四月天！

辑二

最好的女子，是你

所谓美人者，以花为貌，以鸟为声，以月为神，以柳为态，以玉为骨，以冰雪为肤，以秋水为姿，以诗词为心，以翰墨为香，吾无间然矣。

锺　　绿

林徽因

> > >

锺绿是我记忆中第一个美人，因为一个人一生见不到几个真正负得起"美人"这称呼的人物，所以我对于锺绿的记忆，珍惜得如同他人私藏一张名画轻易不拿出来给人看，我也就轻易的不和人家讲她。除非是一时什么高兴，使我大胆地、兴奋地告诉一个朋友，我如何如何的曾经一次看到真正的美人。

很小的时候，我常听到一些红颜薄命的故事，老早就印下这种迷信，好像美人一生总是不幸的居多。尤其是，最初叫我知道世界上有所谓美人的，就是一个身世极凄凉的年轻女子。她是我家亲戚，家中传统地认为一个最美的人。虽然她已死了多少年，说起她来，大家总还带着那种感慨，也只有一个美人死后能使人起的那样的感慨。说起她，大家总都有一些美感的回忆。我婶娘常记起的是祖母出殡那天，这人穿着白衫来送殡。因为她是个已出嫁过的女子——其实她那时已孀居一年多——照我们乡例，头上缠着白头帕。试想一个静好如花的脸，一个长长窈窕的身材，一身的缟素，借着人家伤痛的丧礼来哭她自己可怜的身世，怎不是一幅绝妙的图画！婶娘说起她时，却还不忘掉提到她的走路如何的有种特有丰神，哭时又如何的辛酸凄婉动人。我那时因为过小，记不起送殡那天看到这素服美人，事后为此不知惆怅了多少回。每当大家晚上闲坐谈到这个人儿时，总害了我竭尽想象力，冥想到了夜深。

也许就是因为关于她，我实在记得不太清楚，仅凭一家人时时的传说，所以这个亲戚美人之为美人，也从未曾在我心里疑问过。过了一些岁月，积渐地，我没有小时候那般理想，事事都有一把怀疑，沙似的挟在里面。我总爱说：绝代佳人，世界上不时总应该有一两个，但是我自己亲眼却没有看见过就是了。这句话直到我遇见了锺绿之后才算是取消了，换了一句：我觉得侥幸，一生中没有疑问地，真正地，见到一个美人。

我到美国××城进入××大学时，锺绿已是离开那学校的旧学生，不过在校里不到一个月的工夫，我就常听到"锺绿"这名字，老学生中间，每一提到校里旧事，总要联想到她。无疑的，她是他们中间最受崇拜的人物。

关于锺绿的体面和她的为人及家世也有不少的神话。一个同学告诉我，锺绿家里本来如何的富有；又一个告诉我，她的父亲是个如何漂亮的军官，哪一年死去的；又一个告诉我，锺绿多么好看，脾气又如何和人家不同。因为着恋爱，又有人告诉我，她和母亲决绝了，自己独立出来艰苦的半工半读，多处流落，却总是那么傲慢、潇洒，穿着得那么漂亮动人。有人还说锺绿的母亲是希腊人，是个音乐家，也长得非常好看，她常住在法国及意大利，所以锺绿能通好几国文字。常常的，更有人和我讲了为着恋爱锺绿，几乎到发狂的许多青年的故事。总而言之，关于锺绿的事我实在听得多了，不过当时我听着也只觉到平常，并不十分起劲。

故事中仅有两桩，我却记得非常清楚，深入印象，此后不自觉地便对于锤绿动了好奇心。

一桩是同系中最标致的女同学讲的。她说那一年学校开了个盛大艺术的古装表演，中间要用八个女子穿中世纪的尼姑服装。她是监制部的总管，每件衣裳由图案部发出，全由她找人比着裁剪，做好后再找人试服。有一晚，她出去吃晚饭回来稍迟，到了制衣室门口遇见一个制衣部里人告诉她说，许多衣裳做好正找人试穿时，可巧电灯坏了，大家正在到处找来洋蜡点上。

"你猜，"她接着说，"我推开门时看到了什么？……"

她喘口气望着大家笑（听故事的人那时已不止我一个）"你想，你想一间屋子里，高高低低地点了好几根蜡烛，各处射着影子；当中一张桌子上面，默默地，立着那么一个锤绿——美到令人不敢相信的中世纪小尼姑，眼微微地垂下，手中高高擎起一支点亮的长烛。简单静穆，直像一张宗教画！拉着门环，我半天肃然，说不出一句后来！……等到人家笑声震醒我时，我已经记下这个一辈子忘不了的印象。"

自从听了这桩故事之后，锤绿在我心里便也开始有了根据，每次再听到锺绿的名字时，我脑子里便浮起一张图画。隐隐约约地，看到那个古代年轻的尼姑，微微地垂下眼，擎着一支蜡烛走过。

第二次，我又得到一个对锺绿依稀想象的背影，是由于一个男同学讲的故事里来的。这个脸色清癯的同学平常不爱说话，是个忧郁深思的少年——听说那个为着恋爱锺绿，到南非洲去旅行不再回来的同学，就是他的同房好朋友。有一天雨下得很大，我与他同在画室里工作，天已经渐渐地黑下来，虽然还不到点灯的时候，我收拾好东西坐在窗下看雨，忽然听他说：

"真奇怪，一到下大雨，我总想起锺绿！"

"为什么呢？"我倒有点好奇了。

"因为前年有一次大雨，"他也走到窗边，坐下来望着窗外，"比今天这雨大多了，"他自言自语地眯上眼睛。"天黑得可怕，许多人全在楼上画图，只有我和勃森站在楼下前门口檐底下抽烟。街上一个人没有，树让雨打得像囚犯一样，低头摇曳。一种说不出来的黯淡和寂寞笼罩着整条没生意的街道，和街道旁边不做声的一切。忽然间，我听到背后门环响，门开了，一个人由我身边溜过，一直下了台阶冲入大雨中走去！……那是锺绿……"

"我认得是锺绿的背影，那样修长灵活，虽然她用了一块折成三角形的绸巾蒙在她头上，一只手在项下抓紧了那绸巾的前面两角，像个俄国村姑的打扮。勃森说锺绿疯了，我也忍不住要喊她回来。'锺绿你回来听我说！'我好像求她那样恳切，听到声，她居然在雨里回过头来望一望，看见是我，她仰着脸微微一笑，露出一排贝壳似的牙齿。"朋友说时回过头对我笑了一笑，"你真想不到世上真有她那样美的人！不管谁说什么，我总忘不了在那狂风暴雨中，她那样扭头一笑，村姑似的包着三角的头巾。"

这张图画有力地穿过我的意识，我望望雨又望望黑影笼罩的画室。朋友叉着手，正经地又说：

"我就喜欢锺绿的一种纯朴，城市中的味道在她身上总那样的不沾着她本身的天真！那一天，我那个热情的同房朋友在楼窗上也发现了锺绿在雨里，像顽皮的村姑，没有笼头的野马，便用劲地喊。锺绿听到，俯下身子一闪，立刻就跑了。上边劈空的雷电，四围纷披的狂雨，一会儿工夫她就消失在那水雾迷漫之中了……"

"奇怪，"他叹口气，"我总老记着这桩事，锤绿在大风雨里似乎是个很自然的回忆。"

听完这段插话之后，我的想象中就又加了另一个隐约的锤绿。

半年过去了，这半年中这个清癯的朋友和我比较的熟起，时常轻声地来告诉我关于锤绿的消息。她是辗转地由一个城到另一个城，经验不断地跟在她脚边，命运好似总不和她合作，许多事情都不畅意。

秋天的时候，有一天我这朋友拿来两封锤绿的来信给我看，笔迹秀劲流丽如见其人，我留下信细读觉到它很有意思。那时我正初次在夏假中觅工，几次在市城熙熙攘攘中长了见识，更是非常地同情于这流浪的锤绿。

"所谓工业艺术你可曾领教过？"她在信里发出嘲笑，"你从前常常苦心教我调颜色，一根一根地描出理想的线条，做什么，你知道么？……我想你绝不能猜到两三星期以来，我和十几个本来都很活泼的女孩子，低下头都画一些什么，……你闭上眼睛，喘口气，让我告诉你！墙上的花纸，好朋友！你能相信么？一束一束的粉红玫瑰花由我们手中散下来，整朵的，半朵的——因为有人开了工厂专为制造这种的美丽！……"

"不，不，为什么我要脸红？现在我们都是工业战争的斗士——（多美丽的战争！）——并且你知道，各人有各人不同的报酬。花纸厂的主人今年新买了两个别墅，我们前夜把晚饭减掉一点居然去听音乐了，多谢那一束一束的玫瑰花！……"

幽默地，幽默地她写下去那样顽皮的牢骚。又一封：

"……好了，这已经是秋天，谢谢上帝，人工的玫瑰也会凋零的。这回任何一束什么花，我也决意不再制造了，那种逼迫人家眼睛堕落的差事，需要我所没有的勇敢，我失败了，不知道在心里哪一部分也受点伤。……

"我到乡村里来了，这回是散布知识给村里朴实的人！××书局派我来揽买卖，儿童的书，常识大全，我简直带着'知识'的样本到处走。那可爱的老太太却问我要最新烹调的书，工作到很瘦的妇人要城市生活的小说看，——你知道那种穿着晚服去恋爱的城市浪漫！

"我夜里总找回一些矛盾的微笑回到屋里。乡间的老太太都是理想的母亲，我生平没有吃过更多的牛奶，睡过更软的鸭绒被，原来手里提着锄头的农人，都是这样母亲的温柔给培养出来的力量。我爱他们那简单的情绪和生活，好像日和夜，太阳和影子，农作和食睡，夫和妇，儿子和母亲，幸福和辛苦都那样均匀地放在天秤的两头。……

"这农村的妩媚，溪流树荫全合了我的意，你更想不到我屋后有个什么宝贝？一口井，老老实实旧式的一口井，早晚我都出去替老太太打水。真的，这样才是日子，虽然山边没有橄榄树，晚上也缺个织布的机杼，不然什么都回到我理想的已往里去。……

"到井边去汲水，你懂得那滋味么？天呀，我的衣裙让风吹得松散，红叶在我头上飞旋，这是秋天，不瞎说，我到井边去汲水去。回来时你看着我把水罐子扛在肩上回来！"

看完信，我心里又来了一个古典的锤绿。

约略是三月的时候，我的朋友手里拿本书，到我桌边来，问我看过没有这本新出版的书，我由抽屉中也扯出一本叫他看。他笑了，说；"你知道这个作者就是锤绿的情人。"

我高兴地谢了他，我说："现在我可明白了。"我又翻出书中几行给他看，他看了一遍，放下书默诵了一回，说：

"他是对的，他是对的，这个人实在很可爱，他们完全是了解的。"

此后又过了半个月光景，天气渐渐地暖起来。我晚上在屋子里读书老是开着窗子，窗前一片草地隔着对面远处城市的灯光车马。有个晚上，很夜深了，我觉到冷，刚刚把窗子关上，却听到窗外有人叫我，接着有人拿沙子抛到玻璃上，我赶忙起来一看，原来草地上立着那个清癯的朋友，旁边有个女人立在我的门前。朋友说："你能不能下来，我们有桩事托你。"

我蹑着脚下楼，开了门，在黑影模糊中听我朋友说："锤绿，锤绿她来到这里，太晚没有地方住，我想，或许你可以设法，明天一早她就要走的。"他又低声向我说："我知道你一定愿意认识她。"

这事真是来得非常突兀，听到了那么熟识，却又是那么神话的锤绿，竟然意外地立在我的前边，长长的身影穿着外衣，低低的半顶帽遮着半个脸，我什么也看不清楚。我伸手和她握手，告诉她在校里常听到她。她笑着答应我说，希望她能使我失望，远不如朋友所讲的她那么坏！

在黑夜里，她的声音像银铃样，轻轻地摇着，末后宽柔温好，带点回响。她又转身谢谢那个朋友，率真地揽住他的肩膀说："百罗，你永远是那么可爱的一个人。"

她随了我上楼梯，我只觉到奇怪，锺绿在我心里始终成个古典人物，她的实际的存在在此时反觉得荒诞不可信。

我那时是个穷学生，和一个同学住在一间不甚大的屋子，恰巧同房那几天回家去了。我还记得那晚上我在她的书桌上，开了她那盏非常得意的浅黄色灯，还用了我们两人共用的大红浴衣铺在旁边的大椅上，预备看书时盖在腿上当毯子享用。屋子的布置本来极简单，我们曾用尽苦心把它收拾得还有几分趣味：衣橱的前面我们用一大幅黑色带金线的旧锦挂上，上面悬着一副我朋友自己刻的金色美人面具，旁边靠墙放两架睡榻，罩着深黄的床幔和一些靠垫，两榻中间隔着一个薄纱的东方式屏风。窗前一边一张书桌，各人有个书架，几件心爱的小古董。

整个房子的神气还很舒适，颜色也带点古黯神秘。锺绿进房来，我就请她坐在我们唯一的大椅上，她把帽子外衣脱下，顺手把大红浴衣披在身上说："你真能让我独占这房里唯一的宝座么？"不知为什么，听到这话，我怔了一下，望着灯下披着红衣的她。看她里面本来穿的是一件古铜色衣裳，腰里一根很宽的铜质软带，一边臂上似乎套着两三副细窄的铜镯子，在那红色浴衣掩映之中，黑色古锦之前，我只觉到她由脸至踵有种神韵，一种名贵的气息和光彩，超出寻常所谓美貌或是漂亮。她的脸稍带椭圆，眉目清扬，有点儿南欧曼达娜的味道；眼睛青棕色，虽然甚大，却微微有点羞涩。她的头、脸、耳、鼻、口唇、前颈和两只手，则都像雕刻过的形体！每一面和她一面交接得那样清晰，又那样柔和，让光和影在上面活动着。

我的小铜壶里本来烧着茶，我便倒出一杯递给她。这回她却怔了说："真想不到这个时候有人给我茶喝，我这回真的走到中国了。"我笑了说："百罗告诉我你喜欢到井里汲水，好，我就喜欢泡茶。各人有她传统的嗜好，不容易改掉。"就在那时候，她的两唇微微地一抿，像朵花，由含苞到开放，毫无痕迹地轻轻地张开，露出那一排贝壳般的牙齿，我默默地在心里说，我这一生总可以说真正的见过一个称得起美人的人物了。

"你知道，"我说，"学校里谁都喜欢说起你，你在我心里简直是个神话人物，不，简直是古典人物；今天你的到来，到现在我还信不过这事的实在性！"

她说："一生里事大半都好像做梦。这两年来我漂泊惯了，今天和明天的事多半是不相连续的多；本来现实本身就是一串不一定能连续而连续起来的荒诞。什么事我现在都能相信得过，尤其是此刻，夜这么晚，我把一个从来未曾遇见过的人的清静打断了，坐在她屋里，喝她几千里以外寄来的茶！"

那天晚上，她在我屋子里不止喝了我的茶，并且在我的书架上搬弄了我的书，我的许多相片，问了我一大堆话，告诉我她有个朋友喜欢中国的诗——我知道那就是那青年作家，她的情人，可是我没有问她。她就在我屋子中间小小灯光下愉悦地活动着，一会儿立在洛阳造像的墨拓前默了一会，停一刻又走过，用手指柔和地，顺着那金色面具的轮廓上抹下来，她搬弄我桌上的唐陶俑和图章，又问我壁上铜剑的铭文。纯净的型和线似乎都在引逗起她的兴趣。

一会儿她倦了，无意中伸个懒腰，慢慢地将身上束的腰带解下，自然地，活泼地，一件一件将自己的衣服脱下，裸露出她雕刻般惊人的美丽。我看着她耐性地，细致地，解除臂上的铜镯，又用刷子刷她细柔的头发，来回地走到浴室里洗面又走出来。她的美当然不用讲，我惊讶的是她所有的举动，全个体态，都是那样的有个性，奏着韵律。我心里想，自然舞蹈班中几个美体的同学，和我们人体画班中最得意的两个模特，明蒂和苏茜，她们的美实不过是些浅显的柔和及妍丽而已，同锤绿真无法比较得来。我忍不住兴趣地直爽地笑对锤绿说：

"锤绿你长得实在太美了，你自己知道么？"

她忽然转过来看了我一眼，好脾气地笑起来，坐到我床上。

"你知道你是个很古怪的小孩子么？"她伸手抚着我的头后（那时我的头是低着的，似乎倒有点难为情起来），"老实告诉你，当百罗告诉我，要我住在一个中国姑娘的房里时，我倒有些害怕，我想着不知道我们要谈多少孔夫子的道德，东方的政治，我怕我的行为或许会触犯你们谨严的佛教！"

这次她说完，却是我打个哈欠，倒在床上好笑。

她说："你在这里原来住得还真自由。"

我问她是否指此刻我们不拘束的行动讲。我说那是因为时候到底是半夜了，房东太太在梦里也无从干涉，其实她才是个极宗教的信徒，我平日极平常的画稿，拿回家来还曾经惊着她的腼腆。男朋友从来只到过我楼梯底下的，就是在楼梯边上坐着，到了十点半，她也一定咳嗽的。

锺绿笑了说："你的意思是从孔子庙到自由神中间并无多大距离！"

那时我睡在床上和她谈天，屋子里仅点一盏小灯。她披上睡衣，替我开了窗，才回到床上抱着膝盖抽烟，在一小闪光底下，她努着嘴喷出一个一个的烟圈，我又疑心我在做梦。

"我顶希望有一天到中国来，"她说，手里搬弄床前我的夹旗袍，"我还没有看见东方的莲花是什么样子。我顶爱坐帆船了。"

我说，"我和你约好了，过几年你来，挑个山茶花开遍了的时节，我给你披上一件长袍，我一定请你坐我家乡里最浪漫的帆船。"

"如果是个月夜，我还可以替你弹一曲希腊的弦琴。"

"也许那时候你更愿意死在你的爱人怀里！如果你的他也来。"我逗着她。

她忽然很正经地却用最柔和的声音说："我希望有这福气。"

就这样说笑着，我朦胧地睡去。

到天亮时，我觉得有人推我，睁开了眼，看她已经穿好了衣裳，收拾好皮包，俯身下来和我作别。

"再见了，好朋友，"她又淘气地抚着我的头，"就算你做个梦吧。现在你信不信昨夜答应过人，要请她坐帆船？"

可不就像一个梦，我眯着两只眼，问她为何起得这样早。她告诉我要赶六点十分的车到乡下去，约略一个月后，或许会回来，那时一定再来看我。她不让我起来送她，无论如何要我答应她，等她一走就闭上眼睛再睡。

于是在天色微明中，我只再看到她歪着一顶帽子，倚在屏风旁边妩媚地一笑，便转身走出去了。一个月以后，她没有回来，其实等到一年半后，我离开××时，她也没有再来过这城的。我同她的友谊就仅仅限于那么一个短短的半夜，所以那天晚上是我第一次，也就是最末次，会见了锤绿。但是即使以后我没有再得到关于她的种种悲惨的消息，我也知道我是永远不能忘记她的。

那个晚上以后，我又得到她的消息时，约在半年以后，百罗告诉我说："锤绿快要出嫁了。她这种的恋爱真能使人相信人生还有点意义，世界上还有一点美存在。这一对情人上礼拜堂去，的确要算上帝的荣耀。"

我好笑忧郁的百罗说这种话，却是私下里也的确相信锤绿披上长纱会是一个奇美的新娘。那时候我也很知道一点新郎的样子和脾气，并且由作品里我更知道他留给锤绿的情绪，私下里很觉到锤绿幸福。至于他们的结婚，我倒觉得很平凡；我不时叹息，想象到锤绿无条件地跟着自然规律走，慢慢地变成一个妻子，一个母亲，渐渐离开她现在的样子，变老，变丑，到了我们从她脸上、身上再也看不出她现在的雕刻般的奇迹来。

谁知道事情偏不这样的经过，锤绿的爱人竟在结婚的前一星期骤然死去，听说锤绿那时正在试着嫁衣，得着电话没有把衣服换下，便到医院里晕死过去在她未婚新郎的胸口上。当我得到这个消息时，锤绿已经到法国去了两个月，她的情人也已葬在他们本来要结婚的礼拜堂后面。

因为这消息，我却时常想起锤绿试装中世纪尼姑的故事，有点儿迷信预兆。美人自古薄命的话，更好像有了凭据。但是最使我感恸的消息，还在此后两年多。

当我回国以后，正在家乡游历的时候，我接到百罗一封长信，我真是没有想到锤绿竟死在一条帆船上。关于这一点，我始终疑心这个场面，多少有点锤绿自己的安排，并不见得完全出自偶然。那天晚上对着一江清流，茫茫暮霭，我独立在岸边山坡上，看无数小帆船顺风飘过，忍不住泪下如雨，坐下哭了。

我耳朵里似乎还听见锤绿银铃似的温柔的声音说："就算你做个梦，现在你信不信昨夜答应过请人坐帆船？"

文　珍

林徽因

>>>

　　家里在复杂情形下搬到另一个城市去，自己是多出来的一件行李。大约七岁，似乎已长大了，篁姐同家里商量接我到她处住半年，我便被送过去了。

　　起初一切都是那么模糊，重叠的一堆新印象乱在一处：老大的旧房子，不知有多少老老少少的人。楼，楼上憧憧的人影，嘈杂陌生的声音，假山，绕着假山的水池，很讲究的大盆子花，菜圃，大石井，红红绿绿小孩子，穿着很好看或粗糙的许多妇人围着四方桌打牌的，在空屋里养蚕的，晒干菜的，生活全是那么混乱繁复和新奇。自己却总是孤单、怯生、寂寞。积渐地，在纷乱的周遭中，居然挣扎出一点头绪，认到一个凝固的中心，在寂寞焦心或怯生时便设法寻求这个中心，抓紧它，旋绕着它要求一个孩子所迫切需要的保护、温暖和慰安。

这凝固的中心便是一个约摸十七岁年龄的女孩子。她有个苗条身材，一根很黑的发辫，扎着大红绒绳。两只灵活得真叫人喜欢黑晶似的眼珠，和一双白皙轻柔无所不会的手。她叫作文珍。人人都喊她文珍，不管是梳着油光头的妇女，扶着拐杖的老太太，刚会走路的"孙少"，老妈子或门房里人！

文珍随着喊她的声音转，一会儿在楼上牌桌前张罗，一会儿下楼穿过廊子不见了，又一会儿是哪个孩子在后池钓鱼，喊她去寻钓竿，或是另一个迫她到园角攀摘隔墙的还不熟透的桑椹。一天之中这扎着红绒绳的发辫到处可以看到，跟着便是那灵活的眼珠。本能的，我知道我寻着我所需要的中心，和骆驼在沙漠中望见绿洲一样。清早上寂寞地踱出院子一边望着银红阳光射在藤萝叶上，一边却盼望着那扎着红绒绳的辫子快点出现。凑巧她过来了，花布衫熨得平平的，就有补的地方，也总是剪成如意或桃子等好玩的式样，雪白的袜子，青布的鞋，轻快地走着路，手里持着一些老太太早上需要的东西——开水、脸盆或是水烟袋，看着我，她就和蔼亲切地笑笑：

"怎么不去吃稀饭？"

难为情地，我低下头。

"好吧，我带你去。尽怕生不行的呀！"

感激的我跟着她走。到了正厅后面（两张八仙桌上已有许多人在吃早饭），她把东西放在一旁，携着我的手到了中间桌边，顺便地喊声："五少奶，起得真早。"等五少奶转过身来，便更柔声地说："小客人还在怕生呢，一个人在外边吹着，也不进来吃稀饭！"于是把我放在五少奶旁边的方凳上，她自去大锅里盛碗稀饭，从桌心碟子里挟出一把油炸花生，拣了一角有红心的盐鸡蛋放在我面前，笑了一笑走去几步，又回头来，到我耳朵边轻轻地说："好好地吃，吃完了，找阿元玩去，他们早上都在后池边看花匠做事，你也去。"或是："到老太太后廊子找我，你看不看怎样挟燕窝？"

红绒发辫暂时便消失了。

太阳热起来，有天我在水亭子里睡着了，睁开眼正是文珍过来把我拉起来："不能睡，不能睡，这里又是日头又是风的，快给我进去喝点热茶。"害怕的我跟着她去到小厨房，看着她拿开水冲茶，听她嘴里哼哼地唱着小调。篁姐走过看到我们便喊："文珍，天这么热你把她带到小厨房里做什么？"我当时真怕文珍生气，文珍却笑嘻嘻地："三少奶奶，你这位妹妹真怕生，总是一个人闷着，今天又在水亭里睡着了，你给她想想法子解解闷，这里怪难为她的。"

篁姐看看我说："怎么不找那些孩子玩去？"我没有答应出来，文珍在篁姐背后已对我挤了挤眼，我感激地便不响了。篁姐走去，文珍拉了我的手说："不要紧，不找那些孩子玩时就来找我好了，我替你想想法子。你喜欢不喜欢拆旧衣衫？我给你一把小剪子，我教你。"

于是面对面我们两人有时便坐在树荫下拆旧衣，我不会时她就叫我帮助她拉着布，她一个人剪，一边还同我讲故事。

指着大石井，她说："文环比我大两岁，长得顶好看了，好看的人没有好命，更可怜！我的命也不好，可是我长得老实样，没有什么人来欺侮我。"文环是跳井死的丫头，这事发生在我未来这家以前，我就知道孩子们到了晚上，便互相逗着说文环的鬼常常在井边来去。

"文环的鬼真来么？"我问文珍。

"这事你得问芳少爷去。"

我怔住不懂，文珍笑了，"小孩子还信鬼么？我告诉你，文环的死都是芳少爷不好，要是有鬼她还不来找他算账，我看，就没有鬼，文环白死了！"我仍然没有懂，文珍也不再往下讲了，自己好像不胜感慨的样子。

过一会她忽然说："芳少爷讲书倒讲得顶好了，我替你出个主意，等他们早上讲诗的时候，你也去听。背诗挺有意思的，明天我带你去听。"

到了第二天她果然便带了我到东书房去听讲诗。八九个孩子看到文珍进来，都看着芳哥的脸。文珍满不在乎地坐下，芳哥脸上却有点两样，故作镇定地向着我说：

"小的孩子，要听可不准闹。"我望望文珍，文珍抿紧了嘴不响，打开一个布包，把两本唐诗放在我面前，轻轻地说："我把书都给你带来了。"

芳哥选了一些诗，叫大的背诵，又叫小的跟着念；又讲李太白怎样会喝酒的故事。文珍看我已经很高兴地在听下去，自己便轻脚轻手地走出去了。此后每天我学了一两首新诗，到晚上就去找文珍背给她听，背错了她必提示我，每背出一首她还替我抄在一个本子里——如此文珍便做了我的老师。

五月节中文珍裹的粽子好，做的香袋更是特别出色，许多人便托她做，有的送她缎面鞋料，有的给她旧布衣衫，她都一脸笑高兴地接收了。有一天在她屋子里玩，我看到她桌子上有个古怪的纸包。我问她里边是些什么，她也很稀奇地说连她都不知道。我们两人好奇地便一同打开看。原来里边裹着是一把精致的折扇，上面画着两三朵菊花，旁边细细地写着两行诗。

"这可怪了，"她喊了起来，接着眼珠子一转，仿佛想起什么了，便轻声地骂着，"鬼送来的！"

听到鬼，我便联想到文环，忽然恍然，有点明白这是谁送来的！我问她可是芳哥？她望着我看看，轻轻拍了我一下，好脾气地说："你这小孩子家好懂事，可是，"她转了一个口吻，"小孩子家太懂事了，不好的。"过了一会，看我好像很难过，又笑逗着我："好娇气，一句话都吃不下去！轻轻说你一句就值得噘着嘴这半天！以后怎做人家儿媳妇？"我羞红了脸便和她闹，半懂不懂地大声念扇子上的诗。这下她可真急了，把扇子夺在手里说："你看我稀罕不稀罕爷们的东西！死了一个丫头还不够呀？"一边说一边狠狠地把扇子撕个粉碎，伏在床上哭起来了。

我从来没有想到文珍会哭的，这一来我慌了手脚，爬在她背上摇她，一直到自己也哭了，她才回过头来说："好小姐，这是怎么闹的，快别这样了。"她替我擦干了眼泪，又哄了我半天。一共做了两个香包才把我送走。

在夏天有一个薄暮里大家都出来到池边乘凉看荷花，小孩子忙着在后园里捉萤火虫，我把文珍也拉去绕着假山竹林子走，一直到了那扇永远锁闭着的小门前边。阿元说那边住的一个人家是革命党，我们都问革命党是什么样子。要爬在假山上面往那边看。文珍第一个上去，阿元接着我推上去。等到我的脚自己能立稳的时候，我才看到隔壁院里一个剪发的年轻人，仰着头望着我们笑。文珍急着要下来，阿元却正挡住她的去路。阿元上到山顶冒冒失失地便向着那人问：
"喂，喂，我问你，你是不是革命党呀？"那人皱一皱眉又
笑了笑，问阿元敢不敢下去玩，文珍生气了，说阿元太顽
皮，自己便先下去把我也接下去走了。

过了些时，我发现这革命党邻居已同阿元成了至交，时
常请阿元由墙上过去玩，他自己也越墙过来同孩子们玩过
一两次。他是个东洋留学生，放暑假回家的，很自然地我注意
到他注意文珍，可是一切事在我当时都是一片模糊，莫明其
所以的。文珍一天事又那么多，有时被孩子们纠缠不过，总
躲了起来在楼上挑花做鞋去，轻易不见她到花园里来玩的。

可是忽然间全家里空气突然紧张，大点的孩子被二少奶
老太太传去问话；我自己也被篁姐询问过两次关于小孩子们
爬假山结交革命党的事，但是每次我都咬定了不肯说有文珍
在一起。在那种大家庭里厮混了那么久，我也积渐明白做丫
头是怎样与我们不同，虽然我却始终没有看到文珍被打过。

经过这次事件以后，文珍渐渐变成沉默，没有先前活
泼了。多半时候都在正厅耳房一带，老太太的房里或是南楼
上，看少奶奶们打牌。仅在篁姐生孩子时，晚上过来陪我剪

花样玩，帮我写了两封家信。看她样子好像很不高兴。

中秋前几天阿元过来，报告我说家里要把文珍嫁出去，已经说妥了人家，一个做生意的，长街小钱庄里管账的，听说文珍认得字，很愿意娶她，一过中秋便要她过门，我一面心急文珍要嫁走，却一面高兴这事的新鲜和热闹。

"文珍要出嫁了！"这话在小孩子口里相传着。但是见到文珍我却没有勇气问她。下意识地，我也觉到这桩事的不妙；一种黯淡的情绪笼罩着文珍要被嫁走的新闻上面。我记起文珍撕扇子那一天的哭，我记起我初认识她时她所讲的文环的故事，这些记忆牵牵连连地放在一起，都似乎叫我非常不安。到后来我忍不住了，在中秋前两夜大月亮和桂花香中看文珍正到我们天井外石阶上坐着时，上去坐在她旁边，无暇思索地问她：

"文珍，我同你说。你真要出嫁了么？"

文珍抬头看看树枝中间月亮：

"他们要把我嫁了！"

"你愿意么？"

"什么愿意不愿意的，谁大了都得嫁不是？"

　　"我说是你愿意嫁给那么一个人家么？"

　　"为什么不？反正这里人家好，于我怎么着？我还不是个丫头，穿得不好，说我不爱体面；穿得整齐点，便说我闲话，说我好打扮，想男子！……说我……"

　　她不说下去，我也默然不知道说什么。

　　"反正，"她接下去说，"丫头小的时候可怜，好容易捱大了，又得遭难！不嫁老在那里磨着，嫁了不知又该受些什么罪！活该我自己命苦，生在凶年……亲爹嬷背了出来卖给人家！"

　　我以为她又哭了，她可不，忽然立了起来，上个小山坡，踮起脚来连连折下许多桂花枝，拿在手里嗅着。

　　"我就嫁！"她笑着说，"他们给我说定了谁，我就嫁给谁！管他呢，命要不好，遇到一个醉汉打死了我，不更干脆？反正，文环死在这井里，我不能再在他们家上吊！这个那个都待我好，可是我可伺候够了，谁的事我不做一堆？不待我好，难道还要打我？"

"文珍，谁打过你？"我问。

"好，文环不跳到井里去了么，谁现在还打人？"她这样回答，随着把手里桂花丢过一个墙头，想了想，笑起来。我是完全地莫名其妙。

"现在我也大了，闲话该轮到我了，"她说了又笑，"随他们说去，反正是个丫头，我不怕！……我要跑就跑，跟卖布的，卖糖糕的，卖馄饨的，担臭豆腐挑子沿街喊的，出了门就走了！谁管得了我？"她放声地叽叽呱呱地大笑起来，两只手拿我的额发辫着玩。

我看她高兴，心里舒服起来。寻常女孩子家自己不能提婚姻的事，她竟说要跟卖臭豆腐的跑了，我暗暗稀罕她说话的胆子，自己也跟说疯话："文珍，你跟卖馄饨的跑了，会不会生个小孩子也卖馄饨呀？"文珍的脸忽然白下来，一声不响。

××钱庄管账的来拜节，有人一直领他到正院里来，小孩们都看见了。

这人穿着一件蓝长衫，罩一件青布马褂，脸色乌黑，看去真像有了四十多岁，背还有点驼，指甲长长的，两只手老筒在袖里，顽皮的大孩子们眼睛骨碌碌地看着他，口上都在轻轻地叫他新郎。

我知道文珍正在房中由窗格子里可以看得见他，我就跑进去找寻，她却转到老太太床后拿东西，我跟着缠住，她总一声不响。忽然她转过头来对我亲热的一笑，轻轻地，附在我耳后说，"我跟卖馄饨的去，生小孩，卖小馄饨给你吃。"说完扑哧地稍稍大声点笑。我乐极了就跑出去。但所谓"新郎"却已经走了，只听说人还在外客厅旁边喝茶，商谈亲事应用的茶礼，我也没有再出去看。

此后几天，我便常常发现文珍到花园里去，可是几次，我都找不着她，只有一次我看见她从假山后那小路回来。

"文珍你到哪里去？"

她不答应我，仅仅将手里许多杂花放在嘴边嗅，拉着我到池边去说替我打扮个新娘子，我不肯，她就回去了。

又过了些日子我家来人接我回去，晚上文珍过来到我房里替箓姐收拾我的东西。看见房里没有人，她把洋油灯放低了一点，走到床边来同我说："我以为我快要走了，现在倒是你先去，回家后可还记得起来文珍？"

我眼泪挂在满脸，抽噎着说不出话来。

"不要紧，不要紧。"她说，"我到你家来看你。"

"真的么？"我伏在她肩上问。

"那谁知道！"

"你是不是要嫁给那钱庄管账的？"

"我不知道。"

"你要嫁给他，一定变成一个有钱的人了，你真能来我家么？"

"我也不知道。"

我又哭了。文珍摇摇我，说："哭没有用的，我给你写信好不好？"我点点头，就躺下去睡。

回到家后我时常盼望着文珍的信，但是她没有给我信。真的革命了，许多人都跑上海去住，篁姐来我们家说文珍在中秋节后快要出嫁以前逃跑了，始终没有寻着。这消息听到耳里同雷响一样，我说不出的牵挂、担心她。我鼓起勇气地问文珍是不是同一个卖馄饨的跑了，篁姐惊讶地问我："她时常同卖馄饨的说话么？"我摇摇头说没有。

"我看，"篁姐说，"还是同那革命党跑的！"

一年以后，我还在每个革命画册里想发现文珍的情人。文珍却从没有给我写过一封信。

绣　　绣

林徽因

>>>

　　因为时局，我的家暂时移居到××。对楼张家的洋房子楼下住着绣绣。那年绣绣十一岁，我十三。起先我们互相感觉到使彼此不自然，见面时便都先后红起脸来，准备彼此回避。但是每次总又同时彼此对望着，理会到对方有一种吸引力，使自己不容易立刻实行逃脱的举动。于是在一个下午，我们便有意距离彼此不远地同立在张家楼前，看许多人用旧衣旧鞋热闹地换碗。

　　还是绣绣聪明，害羞地由人丛中挤过去，指出一对美丽的小瓷碗给我看，用秘密亲昵的小声音告诉我她想到家里去要一双旧鞋来换。我兴奋地望着她回家的背影，心里漾起一团愉悦的期待。不到一会子工夫，我便又佩服又喜悦地参观到绣绣同换碗的贩子一段交易的喜剧，变成绣绣的好朋友。

那张小小的图画今天还顶温柔的挂在我的胸口。这些年了，我仍能见到绣绣的两条发辫系着大红绒绳，睁着亮亮的眼，抿紧着嘴，边走边跳地过来，一只背在后面的手里提着一双旧鞋。挑卖瓷器的贩子口里衔着旱烟，像一个高大的黑影，笼罩在那两簏美丽得同云一般各色瓷器的担子上面！一些好奇的人都伸过头来看。"这么一点点小孩子的鞋，谁要？"贩子坚硬的口气由旱烟管的斜角里呼出来。

"这是一双皮鞋，还新着呢！"绣绣抚爱地望着她手里的旧皮鞋。那双鞋无疑地曾经一度给过绣绣许多可骄傲的体面。鞋面有两道鞋扣。换碗的贩子终于被绣绣说服，取下口里的旱烟扣在灰布腰带上，把鞋子接到手中去端详。绣绣知道这机会不应该失落。也就很快地将两只渴慕了许多时候的小花碗捧到她手里。但是鹰爪似的贩子的一只手早又伸了过来，将绣绣手里梦一般美满的两只小碗仍然收了回去。绣绣没有话说，仰着绯红的脸，眼睛潮润着失望的光。

我听见后面有了许多嘲笑的声音，感到绣绣孤立的形势和她周围一些侮辱的压迫，不觉起了一种不平。"你不能欺侮她小！"我听到自己的声音威风地在贩子的胁下响，"能换就换换，不能换，就把皮鞋还给她！"贩子没有理我，也不去理绣绣，忙碌地同别人交易，小皮鞋也还夹在他手里。

　　"换了吧老李，换了吧，人家一个孩子。"人群中忽有个老年好事的人发出含笑慈祥的声音。"倚老卖老"地他将担子里那两只小碗重新捡出交给绣绣同我："哪，你们两个孩子拿着这两只碗快走吧！"我惊讶地接到一只碗，不知所措。绣绣却挨过亲热的小脸扯着我的袖子，高兴地笑着示意叫我同她一块儿挤出人堆来。那老人或不知道，他那时塞到我们手里的不止是两只碗，并且是一把鲜美的友谊。

　　自此以后，我们的往来一天比一天亲密。早上我伴绣绣到西街口小庐里买点零星东西。绣绣是有任务的，她到店里所买的东西都是油盐酱醋，她妈妈那一天做饭所必需的物品，当我看到她在店里非常熟识地要她的货物了，从容地付出或找入零碎铜元同吊票时，我总是暗暗地佩服她的能干，羡慕她的经验。最使我惊异的则是她妈妈所给我的印象。黄瘦的，那妈妈是个极懦弱无能的女人，因为带着病，她的脾气似乎非常暴躁。种种的事她都指使着绣绣去做，却又无时无刻不咕噜着，教训着她的孩子。

起初我以为绣绣没有爹，不久我就知道原来绣绣的父亲是个很阔绰的人物。他姓徐，人家叫他徐大爷，同当时许多父亲一样，他另有家眷住在别一处的。绣绣同她妈妈母女两人早就寄住在这张家亲戚楼下两小间屋子里，好像被忘记了的孤寡。绣绣告诉我，她曾到过她爹爹的家，那还是她那新姨娘没有生小孩以前，她妈叫她去同爹要一点钱，绣绣说时脸红了起来，头低了下去，挣扎着心里各种的羞愤和不平。我没有敢说话，绣绣随着也就忘掉了那不愉快的方面，抬起头来告诉我，她爹家里有个大洋狗非常的好，"爹爹叫它坐下，它就坐下。"还有一架洋钟，绣绣也不能够忘掉"钟上面有个门"，绣绣眼里亮起来，"到了钟点，门会打开，里面跳出一只鸟来，几点钟便叫了几次。""那是——那是爹爹买给姨娘的。"绣绣又偷偷告诉了我。

"我还记得有一次我爹爹抱过我呢，"绣绣说，她常同我讲点过去的事情。"那时候，我还顶小，很不懂事，就闹着要下地，我想那次我爹一定很不高兴的！"绣绣追悔地感到自己的不好，惋惜着曾经领略过又失落了的一点点父亲的爱。"那时候，你太小了当然不懂事。"我安慰着她。"可是……那一次我到爹家里去时，又弄得他不高兴呢！"绣绣心里为了这桩事，大概已不止一次地追想难过着，"那天我要走的时候，"她重新说下去，"爹爹翻开抽屉问姨娘有什么好玩艺儿给我玩，我看姨娘没有答应，怕她不高兴便说，我什么也不要，爹听见就很生气地把抽屉关上，说：不要就算了！"——这里绣绣本来清脆的声音显然有点哑，"等我再想说话，爹已经起来把给妈的钱交给我，还说，你告诉她，有病就去医，自己乱吃药，明日吃死了我不管！"这次绣绣伤心地对我诉说着委屈，轻轻抽噎着哭，一直坐在我们后院子门槛上玩，到天黑了才慢慢地踱回家去，背影消失在张家灰暗的楼下。

夏天热起来，我们常常请绣绣过来喝汽水，吃藕，吃西瓜。娘把我太短了的花布衫送给绣绣穿，她活泼地在我们家里玩，帮着大家摘菜，做凉粉，削果子做甜酱，听国文先生讲书，讲故事。她的妈则永远坐在自己窗口里，摇着一把蒲扇，不时颤声地喊："绣绣！绣绣！"底下咕噜着一些埋怨她不回家的话，"……同她父亲一样，家里总坐不住！"

有一天，天将黑的时候，绣绣说她肚子痛，匆匆跑回家去。到了吃夜饭时候，张家老妈到了我们厨房里说，绣绣那孩子病得很，她妈不会请大夫，急得只坐在床前哭。我家里人听见了就叫老陈妈过去看绣绣，带着一剂什么急救散。我偷偷跟在老陈妈后面，也到绣绣屋子去看她。我看到我的小朋友脸色苍白地在一张木床上呻吟着，屋子在那黑夜小灯光下闷热的暑天里，显得更凌乱不堪。那黄病的妈妈除却交叉着两只手发抖地在床边敲着，不时呼唤绣绣外，也不会为孩子预备一点什么适当的东西。大个子的蚊子咬着孩子的腿同手臂，大粒子汗由孩子额角沁出流到头发旁边。老陈妈慌张前后的转，拍着绣绣的背，又问徐大妈妈——绣绣的妈——要开水，要药锅煎药。我偷个机会轻轻溜到绣绣床边叫她，绣绣听到声音还勉强地睁开眼睛看看我作了一个微笑，吃力地低声说，"蚊香……在屋角……劳驾你给点一根……"她显然习惯于母亲的无用。

"人还清楚！"老陈妈放心去熬药。这边徐大妈妈咕噜着，"告诉你过人家的汽水少喝！果子也不好，我们没有那命吃那个……偏不听话，这可招了祸！……你完了小冤家，我的老命也就不要了……"绣绣在呻吟中间显然还在哭辩着。"哪里是那些，妈……今早上……我渴……喝了许多泉水。"

家里派人把我拉回去。我记得那一夜我没得好睡，惦记着绣绣，做着种种可怕的梦。绣绣病了差不多一个月，到如今我也不知道到底患的什么病，他们请过两次不同的大夫，每次买过许多杂药。她妈天天给她稀饭吃。正式的医药没有，营养更是等于零的。

因为绣绣的病，她妈妈埋怨过我们，所以她病里谁也不敢送吃的给她。到她病将愈的时候，我天天只送点儿童画报一类的东西去同她玩。

病后，绣绣那灵活的脸上失掉所有的颜色，更显得异样温柔，差不多超尘的洁净，美得好像画里的童神一般，声音也非常脆弱动听，牵得人心里不能不漾起怜爱。但是以后我常常想到上帝不仁的摆布，把这么美好敏感、能叫人爱的孩子虐待在那么一个环境里，明明父母双全的孩子，却那样伶仃孤苦，使她比失却怙恃更茕子无所依附。当然我自己除却给她一点童年的友谊，做个短时期的游伴以外，毫无其他能力护助着这孩子同她的命运搏斗。

她父亲在她病里曾到她们那里看过她一趟，停留了一个极短的时间。但他因为不堪忍受绣绣妈的一堆存积下的埋怨，他还发气狠心地把她们母女反申斥了、教训了，也可以说是辱骂了一顿。悻悻地他留下一点钱就自己走掉，声明以后再也不来看她们了。

我知道绣绣私下曾希望又希望着她爹去看她们，每次结果都是出了她孩子打算以外的不圆满。这使她很痛苦。这一次她忍耐不住了，她大胆地埋怨起她的妈，"妈妈，都是你这样子闹，所以爹气走了，赶明日他再也不来了！"其实绣绣心里同时也在痛苦着埋怨她爹。她有一次就轻声地告诉过我："爹爹也太狠心了，妈妈虽然有脾气，她实在很苦的，她是有病。你知道她生过六个孩子，只剩我一个女的，从前，她常常一个人在夜里哭她死掉的孩子，日中老是做活计，样子同现在很两样；脾气也很好的。"但是绣绣虽然告诉过我——她的朋友——她的心绪，对她母亲的同情，徐大奶奶都只听到绣绣对她一时气愤的埋怨，因此便借题发挥起来，夸张着自己的委屈，向女儿哭闹，谩骂。

那天张家有人听得不过意了，进去干涉，这一来，更触动了徐大奶奶的歇斯底里的脾气，索性气结地坐在地上狠命地咬牙捶胸，疯狂似的大哭。等到我也得到消息过去看她们时，绣绣已哭到眼睛红肿，蜷伏在床上一个角里抽搐得像个可怜的迷路的孩子。左右一些邻居都好奇，好事地进去看她们。我听到出来的人议论着她们的事说："徐大爷前月生个男孩子。前几天替孩子做满月办了好几桌席，徐大奶奶本来就气得几天没有吃好饭，今天大爷来又说了她同绣绣一顿，她更恨透了，巴不得同那个新的人拼命去！凑巧绣绣还护着爹，倒怨起妈来，你想，她可不就气疯了，拿孩子来出气么？"我还听见有人为绣绣不平，又有人说："这都是孽债，绣绣那孩子，前世里该了他们什么吧？怪可怜的，那点点年纪，整天这样挨着。你看她这场病也会不死？这不是该他们什么还没有还清么？！"

　　绣绣的环境一天不如一天，的确好像有孽债似的，她妈的暴躁比以前更迅速地加增，虽然她对绣绣的病不曾有效地维护调摄，为着忧虑女儿的身体那烦恼的事实却增进她的衰弱怔忡的症候，变成一个极易受刺激的妇人。为着一点点事，她就得狂暴地骂绣绣。有几次简直无理地打起孩子来。楼上张家不胜其烦，常常干涉着，因之又引起许多不愉快的口角，给和平的绣绣更多不方便同为难。

　　我自认已不迷信的了，但是人家说绣绣似来还孽债的话，却偏偏深深印在我脑子里，让我回味又回味着，不使我摆脱开那里所隐示的果报轮回之说。读过《聊斋志异》同《西游记》的小孩子的脑子里，本来就装着许多荒唐的幻想的，无意的迷信的话听了进去便很自然发生了相当影响。此后不多时候我竟暗同绣绣谈起观音菩萨的神通来。

两人背着人描下柳枝观音的像夹在书里，又常常在后院向西边虔敬地做了一些滑稽的参拜，或烧几炷家里的蚊香。我并且还教导绣绣暗中临时念"阿弥陀佛，救苦救难观世音菩萨"，告诉她那可以解脱突来的灾难。病得瘦白柔驯、乖巧可人的绣绣，于是真的常常天真地双垂着眼，让长长的睫毛美丽地覆在脸上，合着小小手掌，虔意地喃喃向着传说能救苦的观音祈求一些小孩子的奢望。

"可是，小姊姊，还有耶稣呢？"有一天她突然感觉到她所信任的神明问题有点儿蹊跷，我们两人都是进过教会学校的——我们所受的教育，同当时许多小孩子一样本是矛盾的。"对了，还有耶稣！"我呆然，无法给她合理的答案。

神明本身既发生了问题，神明自有公道慈悲等说也就跟着动摇了。但是一个漂泊不得于父母的寂寞孩子显然需要可皈依的主宰的，所以据我所知道，后来观音同耶稣竟是同时庄严地在绣绣心里受她不断地敬礼！

这样的日子渐渐过去，天凉快下来，绣绣已经又被指使着去临近小店里采办杂物，单薄的后影在早晨凉风中摇曳着，已不似初夏时活泼。看到人总是含羞地不说什么话，除却过来找我一同出街外，也不常到我们这边玩了。

突然地有一天早晨，张家楼下发出异样紧张的声浪，徐大奶奶在哭泣中锐声气愤地在骂着，诉着，喘着，与这锐声相间而发的有沉重的发怒的男子口音。事情显然严重。借着小孩子身份，我飞奔过去找绣绣。张家楼前停着一辆讲究的家车，徐大奶奶房间的门开着一线，张家楼上所有的仆人、厨役、打杂同老妈，全在过道处来回穿行，好奇地听着热闹。屋内秩序比寻常还要紊乱，刚买回来的肉在荷叶上挺着，一把蔬菜萎靡的像一把草，搭在桌沿上，放出灶边或菜市里那种特有气味，一堆碗箸，用过的同未用的，全在一个水盆边放着。墙上美人牌香烟的月份牌已让人碰得在歪斜里悬着。最奇怪的是那屋子里从来未有过的雪茄烟的气雾。徐大爷坐在东边木床上，紧紧锁着眉，怒容满面，口里衔着烟，故作从容地抽着，徐大奶奶由邻居里一个老太婆同一个小脚老妈子按在一张旧藤椅上还断续地颤声地哭着。当我进门时，绣绣也正拉着楼上张太太的手进来，看见我头低了下去，眼泪显然涌出，就用手背去擦着已经揉得红肿的眼皮。

徐大奶奶见到人进来就锐声地申诉起来。她向着楼上张太太："三奶奶，你听听我们大爷说的没有理的话！……我就有这么半条老命，也不能平白让他们给弄死！我熬了这二十多年，现在难道就这样子把我撵出去？人得有个天理呀！……我打十七岁来到他家，公婆面上什么没有受过，挨过……"张太太望望徐大爷，绣绣也睁着大眼睛望着她的爹，大爷先只是抽着烟严肃地冷酷地不做声。后来忽然立起来，指着绣绣的脸，愤怒地做个强硬的姿势说："我告诉你，不必说那许多废话，无论如何，你今天非把家里那些地契拿出来交还我不可，……这真是岂有此理！荒唐之至！老家里的田产地契也归你管了，这还成什么话！"

夫妇两人接着都有许多驳难的话。大奶奶怨着丈夫遗弃，克扣她钱，不顾旧情，另有所恋，不管她同孩子两人的生活，在外同那女人浪费。大爷说他妻子不识大体，不会做人，他没有法子改良她，他只好提另再娶能温顺着他的女人另外过活，坚不承认有何虐待大奶奶处。提到地契，两人各据理由争执，一个说是那一点该是她老年过活的凭藉，一个说是祖传家产不能由她做主分配。相持到吃中饭时分，大爷的态度愈变强硬，大奶奶却喘成一团，由疯狂地哭闹，变成无可奈何地啜泣。别人已渐渐退出。

直到我被家里人连催着回去吃饭时，绣绣始终只缄默地坐在角落里，由无望地伴守着两个互相仇视的父母，听着楼上张太太的几次清醒的公平话，尤其关于绣绣自己的地方。张太太说的要点是他们夫妇两人应该看在绣绣的面上，不要过于固执。她说："那孩子近来病得很弱，"又说，"大奶奶要留着一点点也是想到将来的事，女孩子长大起来还得出嫁，你不能不给她预备点。"她又说，"我看绣绣很聪明，下季就不进学，开春也应该让她去补习点书。"她又向大爷提议："我看以后大爷每月再给绣绣筹点学费，这年头女孩不能老不上学，尽在家里做杂务的。"

这些中间人的好话到了那生气的两个人耳里，好像更变成一种刺激，大奶奶听到时只是冷讽着："人家有了儿子了，还顾了什么女儿！"大爷却说："我就给她学费，她那小气的妈也不见得送她去读书呀。"大奶奶更感到冤枉了，"是我不让她读书么？你自己不说过：女孩子不用读那么些书么？"

　　无论如何，那两人固执着偏见，急迫只顾发泄两人对彼此的仇恨，谁也无心用理性来为自己的纠纷寻个解决的途径，更说不到顾虑到绣绣的一切。那时我对绣绣的父母两人都恨透了，恨不得要同他们说理，把我所看到各种的情形全盘不平地倾吐出来，叫他们醒悟，乃至于使他们悔过，却始终因自己年纪太小，他们情形太严重，拿不起力量，懦弱地抑制下来。但是当我咬着牙毒恨他们时，我偶然回头看到我的小朋友就坐在那里，眼睛无可奈何地向着一面，无目的愣着，忽然使我起一种很奇怪的感觉。我悟到此刻在我看去无疑问的两个可憎可恨的人，却是那温柔和平绣绣的父母。我很明白即使绣绣此刻也有点恨他们，但是蒂结在绣绣温婉的心底的，对这两人到底仍是那不可思议的深爱！

　　我在惘惘中回家去吃饭，饭后等不到大家散去，我就又溜回张家楼下。这次出我意料以外地，绣绣房前是一片肃静。外面风刮得很大，树叶和尘土由甬道里卷过，我轻轻推门进去，屋里的情形使我不禁大吃一惊，几乎失声喊出来！方才所有放在桌上木架上的东西，现在一起打得粉碎，扔散在地面上……大爷同大奶奶显然已都不在那里，屋里既无啜泣，也没有沉重的气愤的申斥声，所余仅剩苍白的绣绣，抱着破碎的想望，无限的伤心，坐在老妈子身边。雪茄烟气息尚香馨地笼罩在这一幅惨淡滑稽的画景上面。

"绣绣，这是怎么了？"绣绣的眼眶一红，勉强调了一下哽咽的嗓子，"妈妈不给那——那地契，爹气了就动手扔东西，后来……他们就要打起来，隔壁大妈给劝住，爹就气着走了……妈让他们挟到楼上'三阿妈'那里去了。"

小脚老妈开始用笤帚把地上碎片收拾起来。

忽然在许多凌乱中间，我见到一些花瓷器的残体，我急急拉过绣绣两人一同俯身去检验。

"绣绣！"我叫起来，"这不是你那两只小瓷碗？也……让你爹砸了么？"

绣绣泪汪汪地点点头，没有答应，云似的两簇花瓷器的担子和初夏的景致又飘过我心头，我捏着绣绣的手，也就默然。外面秋风摇撼着楼前的破百叶窗，两个人看着小脚老妈子将那美丽的尸骸同其他茶壶粗碗的碎片，带着茶叶剩菜，一起送入一个旧簸箕里，葬在尘垢中间。

这世界上许多纷纠使我们孩子的心很迷惑，——那年绣绣十一，我十三。

终于在那年的冬天，绣绣的迷惑终止在一个初落雪的清早里。张家楼房背后那一道河水，冻着薄薄的冰，到了中午阳光隔着层层的雾惨白地射在上面，绣绣已不用再缩着脖颈，顺着那条路，迎着冷风到那里去了！无意地她却把她的迷惑留在我心里，飘忽于张家楼前同小店中间直到了今日。

露　沙

石评梅

>>>

　　昨夜我不知为了什么，绕着回廊走来走去的踱着，云幕遮蔽了月儿的皎屣，就连小星的微笑也看不见，寂静中我只渺茫的瞻望着黑暗的远道，毫无意志地痴想着。

　　算命的鼓儿，声声颤荡着，敲破了深巷的沉静。我靠着栏杆想到往事，想到一个充满诗香的黄昏，悲歌慷慨的我们。

　　记得，古苍的虬松，垂着长须，在晚风中：对对暮鸦从我们头上飞过，急箭般隐入了深林。在平坦的道上，你慢慢地走着，忽然停步握紧了我手说："波微！只有这层土上，这些落叶里，这个时候，一切是属于我们的。"

我没有说什么，捡了一片鲜红的枫叶，低头夹在书里。当我们默然穿过了深秋的松林时，我慢走了几步，留在后面，望着你双耸的瘦肩，急促的步履，似乎告诉我你肩上所负心里隐存的那些重压。

走到水榭荷花池畔，坐在一块青石上，抬头望着蔚蓝的天空；水榭红柱映在池中，蜿蜒着像几条飞舞的游龙。云雀在枝上叫着，将睡了的秋蝉，也引得啾啾起来。白鹅把血红的嘴，黑漆的眼珠，都曲颈藏在雪绒的翅底；鸳鸯激荡着水花，昂首游泳着。那翠绿色的木栏，是聪明的人类巧设下的藩篱。

这时我已有点醺醉，看你时，目注着石上的苍苔，眼里转动着一种神秘的讪笑，猜不透是诅咒，还是赞美！你慢慢由石上站起，我也跟着你毫无目的地走去。到了空旷的社稷坛，你比较有点勇气了，提着裙子昂然踏上那白玉台阶时，脸上轻浮着女王似的骄傲尊贵，晚风似侍女天鹅的羽扇，拂着温馨的和风，袅袅的圈绕着你。望西方荫深的森林，烟云冉冉，树叶交织间，露出一角静悄悄重锁的宫殿。

我们依偎着，天边的晚霞，似纱帷中掩映着少女的桃腮，又像爱人手里抱着的一束玫瑰。渐渐的淡了，渐渐的淡了，只现出几道青紫的卧虹，这一片模糊暮云中，有诗情也有画景。

　　远远的军乐，奏着郁回悲壮之曲，你轻踏着蛮靴，高唱起"古从军"曲来，我虽然想笑你的狂态浪漫，但一经沉思，顿觉一股冰天的寒风，吹散了我心头的余热。无聊中我绕着坛边，默数上边刊着的青石，你忽然转头向我说："人生聚散无常，转眼漂泊南北，回想到现在，真是千载难遇的良会，我们努力快乐现在吧！"

　　当时我凄楚的说不出什么；就是现在我也是同样的说不出什么，我想将来重翻起很厚的历史，大概也是说不出什么。

　　往事只堪追忆，一切固然是消失地逃逸了。但我们在这深夜想到时，过去总不是概归空寂的，你假如能想到今夜天涯沦落的波微，你就能想到往日浪漫的遗迹。

　　但是有时我不敢想，不愿想，月月的花儿开满了我的园里，夜夜的银辉，照着我的窗帷，她们是那样万古不变。我呢！时时在上帝的机轮下回旋，令我留恋的不能驻停片刻，令我恐惧的又重重实现。露沙！从前我想着盼着的，现在都使我感到失望了！

自你走后，白屋的空气沉寂的像淡月凄风下的荒冢，我似暗谷深林里往来飘忽的幽灵；这时才感到从前认为凄绝冷落的谈话，放浪狂妄的举动，现在都化作了幸福的安慰，愉快的兴奋。在这长期的沉寂中，屡次我想去信问候你的近况，但慵懒的我，搁笔直到如今。上次在京汉路中读完《前尘》，想到你向我索感的信，就想写信，这次确是能在你盼望中递到你手里了。

读了最近写的信，知你柔情万缕中，依稀仍珍藏着一点不甘雌伏的雄心，果能如此，我觉十分欣喜！原知宇宙网罗，有时在无意中无端的受了系缚；云中翱翔的小鸟，猎人要射击时，谁能预防，谁能逃脱呢！爱情的陷入也是这样。

你我无端邂逅，无端结交，上帝的安排，有时原觉多事，我于是常奢望着你，在锦帷绣帷中，较量柴米油盐之外，要承继着从前的希望，努力作未竟的事业；因之，不惮烦嚣在香梦朦胧时，我常督促你的警醒。不过，一个人由青山碧水到了崎岖荆棘的路上，由崎岖荆棘又进了柳暗花明的村庄，已感到人世的疲倦，在这期内，彻悟了的自然又是一种人生。

在学校时，我见你激昂慷慨的态度，我曾和婉说你是"女儿英雄"，有时我逢见你和宗莹在公园茅亭里大嚼时，我曾和婉说你是"名士风流"，想到扶桑余影，当你握着利如宝剑的笔锋，铺着云霞天样的素纸，立在万丈峰头，俯望着千仞飞瀑的华严泷，凝思神往的时候，原也曾独立苍茫，对着眼底河山，吹弹出雄壮的悲歌；曾几何时，栉风沐雨的苍松，化作了醉醺阳光的蔷薇。

但一想到中国妇女界的消沉，我们懦弱的肩上，不得不负一种先觉觉人的精神，指导奋斗的责任，那末，露沙呵！我愿你为了大多数的同胞努力创造未来的光荣，不要为了私情而抛弃一切。

我自然还是那样屏绝外缘，自谋清静，虽竭力规避尘世，但也不见得不坠落人间；将来我计划着有两条路走，现暂不告你，你猜想一下如何？

从前我常笑你那句"我一生游戏人间，想不到人间反游戏了我"。如今才领略了这种含满了血泪的诉述。我正在解脱着一种系缚，结果虽不可预知，但情景之悲惨，已揭露了大半，暗示了我悠远的恐惧。不过，露沙！我已经在心田上生根的信念，是此身虽朽，而此志不变的；我的血脉莫有停止，我和情感的决斗没有了结，自知误己误人，但愚顽的我，已对我灵魂宣誓过这样去做。

漱　玉

石评梅

>>>

永不能忘记那一夜。

黄昏时候，我们由嚣扰的城市，走进了公园，过白玉牌坊时，似乎听见你由心灵深处发出的叹息，你抬头望着青天闲云，低吟着："望云惭高鸟，临水愧游鱼……"

你挽着我的手靠在一棵盘蜷虬曲的松根上，夕阳的余辉，照临在脸上，觉着疲倦极了，我的心忽然搏跳起来！沉默了几分钟，你深呼了一口气说，"波微！流水年华，春光又在含媚的微笑了，但是我只有新泪落在旧泪的帕上，新愁埋在旧愁的坟里。"我笑了笑，抬头忽见你淡红的眼圈内，流转着晶莹的清泪。我惊疑想要追问时，你已跑过松林，同一位梳着双髻的少女说话去了。

从此像微风吹经了一池春水，似深涧潜伏的蛟龙蠕动，那纤细的网，又紧缚住我。不知何时我们已坐在红泥炉畔，我伏在桌上，想静静我的心。你忽然狂笑摇着我的肩说："你又要自找苦恼了！今夜的月色如斯凄清，这园内又如斯寂静，那能让眼底的风景逝去不来享受呢？振起精神来，我们狂饮个醺醉，我不能骑长鲸，也想跨白云，由白云坠在人寰时，我想这活尸也可跌她个粉碎！"你又哈哈的笑起来了！

葡萄酒一口一口地啜着，冷月由交织的树纹里，偷觑着我们暮鸦栖在树荫深处，闭上眼睛听这凄楚的酸语。想来这静寂的园里，只有我们是明灯绿帷玛瑙杯映着葡萄酒，晶莹的泪映着桃红的腮。

沉寂中你忽然提高了玉琴般的声音，似乎要哭，但莫有哭；轻微的咽着悲酸说："朋友！我有八年埋葬在心头的隐恨！"经你明白的叙述之后，我怎能不哭，怎能不哭？我欣慰由深邃死静的古塔下，掘出了遍觅天涯找不到的同情！我这几滴滴在你手上的热泪，今夜才找到承受的玉盂。真未料到红泥炉畔，这不灿烂，不热烈的微光，能照透了你严密的心幕，揭露了这八年未示人的隐痛！上帝呵！你知道吗？虚渺高清的天空里，飘放着两颗永无归宿的小心。

在那夜以前，莫有想到地球上还有同我一样的一颗心，同我共溺的一个海，爱慰抚藉我的你！去年我在古庙的厢房卧病时，你坐在我病榻前讲了许多幼小时的过去，提到母亲死时，你也告过我关乎醒的故事。但是我那能想到，悲惨的命运，系着我同时；系着你呢？

漱玉！我在你面前流过不能在别人面前流的泪，叙述过不能在别人面前泄漏的事，因此，你成了比母亲有时还要亲切的朋友。母亲何曾知道她的女儿心头埋着紫兰的荒冢，母亲何曾知道她的女儿，怀抱着深沉在死湖的素心——惟有你是地球上握着我库门金钥的使者！我生时你知道我为了什么生，我死时你知道我是为了什么死；假如我一朝悄悄地曳着羽纱，踏着银浪在月光下舞蹈的时候，漱玉！惟有你了解，波微是只有海可以收容她的心。

那夜我们狂饮着醇醴，共流着酸泪，小小杯里盛着不知是酒，是泪？咽到心里去的，更不知是泪，是酒？

　　红泥炉中的火也熄了，杯中的酒也空了。月影娟娟地移到窗上；我推开门向外边看看，深暗的松林里，闪耀着星光似的小灯；我们紧紧依偎着，心里低唤着自己的名字，高一步，低一步地走到社稷坛上，一进了那圆形的宫门，顿觉心神清爽，明月吻着我焦炙的双腮，凉风吹乱了我额上的散发，我们都沉默地领略这刹那留在眼上的美景。

　　那时我想不管她是梦回，酒醒，总之：一个人来到世界的，还是一人离开世界；在这来去的中间，我们都是陷溺在酿中沉醉着，奔波在梦境中的游历者。明知世界无可爱恋，但是我们不能不在这月明星灿的林下痛哭！这时偌大的园儿，大约只剩我俩人；谁能同情我们？我们何必向冷酷的人间招揽同情，只愿你的泪流到我的心里，我的泪流到你的心里。

　　那夜是悱恻哀婉的一首诗，那夜是幽静孤凄的一幅画，是写不出的诗，是画不出的画；只有心可以印着她，念着她！归途上月儿由树纹内，微笑的送我们；那时踏着春神唤醒的草，死静卧在地上的斑驳花纹，冉冉地飘浮着一双瘦影，一片模糊中，辨不出什么是树影，什么是人影？

可怜我们都是在静寂的深夜，追逐着不能捉摸的黑影，而驰骋于荒冢古墓间的人！

宛如风波统治了的心海，忽然因一点外物的诱惑，转换成几于死寂的沉静；又猛然为了不经意的遭逢，又变成汹涌山立的波涛，簸动了整个的心神。我们不了解，海涛为什么忽起忽灭；但我们可以这样想，只是因那里有个心，只是因那里有个海罢！

我是卷入这样波涛中的人，未曾想到你也悄悄地沉溺了！因为有心，而且心中有罗曼舞踏着，这心就难以了解了吗？因为有海，而且海中有巨涛起伏着，这海就难以深测了吗？明知道我们是错误了，但我们的心情，何曾受了理智的警告而节制呢！既无力自由处置自己的命运，更何力逃避系缠如毒蟒般的烦闷？它是用一双冷冰冰的手腕，紧握住生命的火焰。

纵然有天辛飞溅着血泪，由病榻上跃起，想拯救我沉溺的心魂；哪知我潜伏着的旧影，常常没有现在，忆到过去的苦痛着！不过这个心的汹涌，她不久是要平静；你是知道的，自我去年一月十八日坚决地藏裹起一切之后，我的愿望既如虹桥的消失，因之灵感也似乎麻木，现在的急掠如燕影般的烦闷，是最容易令她更归死寂的。

我现在恨我自己，为什么去年不死，如今苦了自己，又陷溺了别人，使我更在隐恨之上建了隐痛；坐看着忠诚的朋友，反遭了我的摧残，使他幸福的鲜花，植在枯寂的沙漠，时时受着狂风飞沙的撼击！

漱玉！今天我看见你时，我不敢抬起头来；你双眉的郁结，面目的黄瘦，似乎告诉我你正在苦闷着呢！我应该用什么心情安慰你，我应该用什么言语劝慰你？

什么是痛苦和幸福呢？都是一个心的趋避，但是地球上谁又能了解我们？我常说："在可能范围内赐给我们的，我们同情地承受着；在不可能而不可希望的，我们不必违犯心志去破坏他。"现在我很平静，正为了枯骨的生命鼓舞愉乐！同时又觉着可以骄傲！

这几天我的生活很孤清，去了学校时，更感着淡漠的凄楚：今天接到Celia的信，说她这次病，几次很危险的要被死神接引了去，现在躺在床上，尚不敢转动；割的时候误伤了血管，所以时时头晕发烧。她写的信很长，在这草草的字迹里，我抖颤地感到过去的恐怖！我这不幸的人，她肯用爱的柔荑，捡起这荒草野冢间遗失的碎心，盛入她温馨美丽的花篮内休养着，我该如何地感谢她呢？上帝！祝福她健康！祝福她健康如往日一样！

这几夜月光真爱人，昨夜我很早就睡了，窗上的花影树影，混成一片；静极了，虽然在这雕梁画栋的朱门里，但是景致宛如在三号一样；只缺少那古苍的茅亭，和盘蜷的老松树。我看着月光由窗上移到案上，案上移到地上，地上移到床上，洒满在我的身上。那时我静静地想到故乡锁闭的栖云阁，门前环抱的桃花潭，和高冈上姐姐的孤坟。母亲上了栖云阁，望见桃花潭后姐姐的坟墓，一定要想到漂泊异乡的女儿。

这时月儿是照了我，照了母亲，照着一切异地而怀念的人。

马艳云

陆小曼

>>>

挽近女子之以艺事称者，日有所闻，社会人士亦往往予以奖掖。贫家女子只有才慧者，得以琼然自秀，光彩一时，致可乐也。

海上自去年以来，名坤伶接踵而至，如荣丽娟、新艳秋、雪艳琴皆能独树一帜，与男优竞一日之长。北方名秀之蜚声于南中而未到者，则有马艳云、新艳秋姊妹。予迎之久，亦爱之深，切盼其早日北归，更为此间歌舞界大放光辉。梅生先生辑名优号，嘱为述马氏姊妹生年梗概，因为志略如左。

　　艳云、艳秋皆非科班出身，以家寒素，迨十四五习艺。先从金少梅配戏，初露面，即秀挺不凡。因复踵名师请益，更出演与琴雪芳同班，京中顾曲界稍稍赏识此髫龄之姊妹。逾年由哈尔滨归，艺益精进。艳云更奉瑶卿为师。瑶卿之纳女弟子以艳云为始韧。艳秋学谭，至力甚勤，亦豁然开朗，与孟小冬齐名。马氏姊妹近年来往来平津间，声誉日隆。艳云扮相之美，在坤伶中无出其右者。尤以天资聪颖，虽习艺期间不长，而造就之精深，非寻常所可比况。能戏至多，尤以瑶卿亲授《儿女英雄传》《樊江关》诸剧，得心应手，刚健妩媚，有是多也。

心若勇敢，
何惧风霜

以爱花之心爱美人，则领略自饶别趣；以爱美人之心爱花，则护惜倍有深情。

辑三

唯其是脆嫩

林徽因

>>>

　　活在这非常富于刺激性的年头里，我敢喘一口气说，我相信一定有多数人成天里为观察听闻到的，牵动了神经，从跳动而有血裹着的心底下累积起各种的情感，直冲出嗓子，逼成了语言到舌头上来。这自然丰富的积累，有时更会倾溢出少数人的唇舌，再奔进到笔尖上，另具形式变成白纸上驰骋的文字。这种文字便全是我们这个时代的出产，大家该千万珍视它！

　　现在，无论在哪里，假如有一个或多个机会，我们能把许多这种自然触发出来的文字，交出给同时代的大众见面，因而或能激起更多方面，更复杂的情感，和由这情感而形成更多方式的文字：一直造成了一大片丰富而且有力的创作田壤，森林，江山……产生出结结实实的我们这个时代特有的表情和文章；我们该不该诚恳的注意到这机会或能造出的事业，各人将各人的一点点心血献出来尝试？

假使，这里又有了机会联聚起许多人，为要介绍许多方面的文字，更进而研讨文章的质的方面；或指出以往文章的历程，或讲究到各种文章上比较的问题，进而无形的讲究到程度和标准等问题。我又敢相信，在这种景况下定会发生更严重鼓励写作的主动力，使创作界增加问题，或许。唯其是增加了问题，才助益到创作界的活泼与健康。文艺绝不是蓬勃丛生的野草。

我们可否直爽的承认一桩事？创作的鼓动时常要靠着刊物把它的成绩散布出去吹风，晒太阳，和时代的读者把晤的。被风吹冷了，太阳晒萎了，固常有的事。被读者所欢迎，所冷淡，或误会，或同情，归根应该都是激动创造力的药剂！

至于，一来就高举趾，二来就气馁的作者，每个时代都免不了有他们起落踪迹。这个与创作界主体的展动只成枝节问题。哪一个创作兴旺的时代缺得了介绍散布作品的刊物，不同情或能同情，或不了解的读众？

创作品是不能不与时代见面的，虽然作者的名姓，则并不一定。伟大的作品没有和本时代见面，而被其他时代发现珍视的固然有，但也只是偶然例外的事。

希腊悲剧是在几万人面前唱演的，莎士比亚的戏更是街头巷尾的粗人都看得到的。到有刊物时代的欧洲，更不用说，一首诗文出来人人争买着看，就是中国在印刷艰难的时候，也是什么"传颂一时"，什么"人手一抄"等。

创作的主力固在心里底，但逼迫着这只有时间性的情绪语言而留它在空间里的，却常是刊物这一类的鼓励和努力所促成。

现走遍人间是能刺激起创作的主力。尤其是在中国，这种日子，那一副眼睛看到了些什么，舌头底下不立刻紧急的想说话，乃至于歌泣！如果创作界仍然有点消沉寂寞的话——努力的少，尝试的稀罕——那或是有别的缘故而使然。

我们问：能鼓励创作界的活跃性的是些什么？刊物是否可以救济这消沉的？努力于刊物的诞生的人们，一定知道刊物又时常会因为别的复杂原因而夭折的。它常是极脆嫩的孩儿……那么有创作冲动的笔锋，努力于刊物的手臂，此刻何不联在一起，再来一次合作，逼着创作界又挺出一个新鲜的萌芽！管它将来能不能成田壤，成森林，成江山，一个萌芽是一个萌芽。

脆嫩？唯其是脆嫩，我们大家才更要来爱护它。

这时代是我们特有的，结果我们单有情感而没有表现这种情绪的艺术，眼看着后代人笑我们是黑暗时代的哑子，没有艺术，没有文章，乃至于怀疑到我们有没有感情！

回头再看到祖宗留下那些神气的衣钵，怎不觉得惭愧！说世乱，杜老头子过的是什么日子！辛稼轩当日的愤慨当使我们同情！……何必诉，诉不完。

难道现在我们这时代没有形形色色的人物，喜剧悲剧般的人生作题？难道我们现时没有美丽，没有风雅，没有丑陋，没有恐慌，没有感慨，没有希望？！难道连经这些天灾战祸，我们都不会描述，身受这许多刺骨的辱痛，我们都不会愤慨高歌迸出一缕滚沸的血流？！

　　难道我们真麻木了不成？难道我们这时代的语辞真贫穷得不能达意？难道我们这时代真没有学问真没有文章？！朋友们努力挺出一根活的萌芽来，记着这个时代是我们的。

牡丹与绿叶 [①]

陆小曼

>>>

　　望眼欲穿的刘大师画展在廿一日可以实现了,这是我们值得欣赏的一个画展。中国的画家能在同时中西画都画得好,只有刘大师一个了。他开始是只偏重西画,他的西画不但是中国人所共赏,在欧洲也博得不少西洋画家的钦佩。我记得当年志摩还写过一篇很长的文章,讲欧洲画家们怎样认识与赞美大师的画呢!后来他回国后又尽心研究中国画,他

_____

　　① 本文为陆小曼于1957年创作于上海,文中第一段和最后两段是根据陆小曼手稿所添加,最初发表时并没有收入。

私人收集了不少有名的古画，件件都是精品。因为他有天赋的聪明，所以不久他就深得其中奥秘，画出来的画又古雅又浑厚，气魄逼人，自有一种说不出的伟大的味儿。我是一个后学，我不敢随便批评，乱讲好坏，好在自有公论。

我只感觉到一点，就是我们大师的为人，实在是在画家之中不可多得的人才。他不仅是关着门在家里死画，他同时还有外交家与政治家的才能，他对外能做人所不敢做的，能讲人所不敢讲的。就像在南洋群岛失守时，日本人寻着他的时候，他能用很镇静的态度来对付，用他的口才战胜，讲得日本人不敢拿他随便安排。他在静默之中显出强健，绝不软化，所以后来日本人反而对他尊敬低头。在没有办法之中只好很客气的拿飞机送他回上海，这种态度是真值得令人钦佩的。

还有他做起事来不怕困难，不惧外来的打击，他要做就非做成不可，具有伟大的创造性。为艺术他不惜任何牺牲，像美专能有今日的成就，他不知道费了多少精神与金钱。有时还要忍受外界的非议，可是他一切都能不顾，不问，始终坚决的用他那一贯的作风来做到底，所以才有今天的成功。

最近他国画方面进步得更惊人，这次的画展一定有许多意想不到的好画，同时还有他太太的作品！这是最难得的事情，她虽然是久居在南洋，受过高深的西学，可是她对中国的国学是一直爱好的；尤其是写字，她每天早晨一定要写几篇字后，才做别的事情。所以她的字写得很有功夫，秀丽而古朴，又有男子气魄，真是不可多得的精品。有时海粟画了得意的好画再加上太太一篇长题，真是牡丹与绿叶更显得精彩。我是不敢多讲，不过听得他夫妇有此盛事，所以胡乱的涂几句来预祝他们，并告海上爱好艺术的同志们，不要错过了机会！

中秋夜感

陆小曼

>>>

  并不是我一提笔就离不了志摩，就是手里的笔也不等我想就先抢着往下溜了，尤其是在这秋夜！窗外的秋风卷着落叶，沙沙的幽声打入我的耳朵，更使我忘不了月夜的回忆，眼前的寂寥。本来是他带我认识了笔的神秘，使我感觉到这一支笔的确是人的一个唯一的良伴：它可以发泄你满腹的忧怨，又可以将不能说的不能告人的话诉给纸笔，吐一口胸中的积闷。所以古人常说："不穷做不出好诗，不怨写不出好文。"的确，回味这两句话，不知有多少深意。我没有遇见摩的时候，我是一点也不知道走这条路，怨恨的时候只知道拿了一支香烟在满屋子转，再不然就蒙着被头暗自饮泣。自从他教我写日记，我才知道这支笔可以代表一切，从此我有了吐气的法子了。可是近来的几年，我反而不敢亲近这支笔，怕的是又要使神经有灵性，脑子里有感想。岁数一年年的长，人生的一切也一年年的看得多，可是越看越糊涂。这幻妙的人生真使人难说难看，所以简直的给它一个不想不看最好。

前天看摩的《自剖》，真有趣！只有他想得出这样离奇的写法，还可以将自己剖得清清楚楚。虽然我也想同样的剖一剖自己，可是苦于无枝无杆可剖了。连我自己都说不出我究竟是怎样的一个人。我只觉得留着的不过是有形无实的一个躯壳而已。活着不过是多享受一天物质上的应得，多看一点新奇古怪的戏闻。我只觉人生的可怕，简直今天不知道明天又有什么变化，过一天好像是捡着一天似的，谁又能预料哪一天是最后的一天呢？生与死的距离是更短在咫尺了！只要看志摩！他不是已经死了快十年了么？在这几年中，我敢说他的影像一天天在人们的脑中模糊起来了，再过上几年不是完全消灭了么？谁不是一样？我们溜到人世间也不过是打一转儿，转得好与歹的不同而已，除了几个留下著作的也许还可以多让人们纪念几年，其余的还不是同镜中的幻影一样？所以我有时候自己老是呆想：也许志摩没有死。生离与死别时候的影像在谁都是永远切记在心头的，在那生与死交迫的时候是会有不同的可怕的样子，使人难舍难忘的。可是他的死来得太奇特，太匆忙！那最后的一忽儿会一个人都没有看见，不要说我，怕也有别人会同样的不相信的。所以我老以为他还是在一个没有人迹的地方等着呢！也许会有他再出来的一天的。他现在停留的地方虽然我们看不见，可是我一定相信也是跟我们现在所处的一样，又是一个世界而已；那一面的样子，虽然常有离奇的说法，异样的想象，只可恨没有人能前往游历一次，而带一点新奇的事情回来。不过一样事情我可以断定，志摩虽然说离了躯壳，他的灵魂是永远不会消灭的。我知道他一定时常在我们身旁打转，看着我们还是在这儿做梦似的混，暗笑我们的痴呆呢！不然在这样明亮的中秋月下，他不知道又要给我们多少好的诗料呢！

　　说到诗，我不发牢骚，实在是不忍不说。自从他走后这几年来，我最注意到而使我失望的就是他所最爱的诗好像一天天的在那儿消灭了，作诗的人们好像没有他在时那样热闹

112

了。也许是他一走带去了人们不少的诗意，更可以说提起作诗就免不了使人怀念他的本人，增加无限离情，就像我似的一提笔就更感到死别的惨痛。不过我也不敢说一定，或许是我看见得少，尤其是在目前枯槁的海边上，更不容易产出什么新进的诗人。可是这种感觉不仅属于我个人，有几个朋友也有着同样的论调。这实在是一件可憾的事情！他若是在也要感觉到痛心的。所以那天我睡不着的时候，来回的想：走的，我当然没有法子拉回来，可是无论如何我一定要想法子引起诗人们的诗兴才好。不然志摩的灵魂一定也要在那儿着急的，只要看他在的时候，每一次见着一首好诗，他是多么高兴的唱读；有天才的，他是怎样的引导着他们走进诗门；要是有一次发现一个新的诗人，他一定跳跃得连饭都可以少吃一顿。他一生所爱的唯有诗，他常叫我做，劝我学。"只要你随便写，其余的都留着我来改。哪一个初学者不是大胆的涂？谁又能一写就成了绝句？只要随时随地，见着什么而有所感，就立刻写下来，不就慢慢的会了？"这几句话是我三天两头儿听见的。虽然他起足了劲儿，可是我始终没有学过一次，这也使他灰心的。现在我想着他的话，好像见着他那活跃的样子，而同时又觉得新作品又那样少，所以我也大胆的来诌两句。说实话，这也不能算是诗，更不成什么格，教我的人，虽然我敢说离着我不远，可是我听不到他的教导，更不用说与我改削了，只能算一时所感觉着的随便写了下来就是。我不是要臭美，我只想抛砖引玉：也许有人见到我的苦心，不想写的也不忍不写两句，以慰多年见不到的老诗人，至少让他的灵魂也再快乐一次。不然像我那样的诗不要说没有发表的可能性，简直包花生米都嫌它不够格儿呢！

　　而《秋叶》就是在实行我那想头的第一首。

我的照片

陆小曼

>>>

　　真奇怪！我前些日看见《飘》上有一张照片，悬十万元的赏，让大家猜是谁，结果居然有大半的人猜是我，这真使我惊奇，难道真的，我自己也不认识我自己了么？虽然说老少不能相比，可是看眼耳鼻的样子总不会改的吧！况且我自己对我自己的装饰，我总不会忘记的，我的头发从来没有这样梳过，尤其是对于侧面的照片，我是很少照的，所以我看来看去，想来想去，我可以肯定她不是我！

　　秋翁写的一篇文字更使我奇讶！他是见过我的，认识我的，怎么也会说是我呢！还说有照片为证，这真叫我糊涂死了，有机会我一定想着问他要来看。他的盛意我是非常感谢的，我这十几年来可算是像坐关似的一样静，我简直是不出大门一步，难得有要紧的事出去一次，一年也没有几次，一天到晚只是在家静养，只有老朋友来看我，我是没有会看人家的时候，多蒙许多人倒常常观念着我的生活，使我十分安慰。一个艺人的生活，在这个年头，能糊里糊涂地一天天往下过，就算不错，要怎样享受是办不到的，所以我也相当的安慰，我不苛求，我也不需要别人金钱上的扶助，我只是量入而出，过着一种平等的日子，荣华富贵的日子，绝不是像我这种不幸的人应该有的，所以我很安静地忍受着现在的环境。人生本是梦，梦长与梦短而已，还不是一样地一天天过去。等待着一旦梦醒，好与坏还不是一样！

关于我的照片，我是没有一张不记得的，除非是别人在我不留心的时候偷着拍去的，其余的我都有数目的，在北京照的有很多好的，可是我到上海的时候已经快没有了，在上海我根本没有照过几次，所照的也都是大张的美术照片，所以在《飘》登的那一张，我可以很清楚地记得，那并不是我。

　　现在虽然已经老了，可是我想一个人老少的分别，只不过在胖瘦，或是皮肤生了皱纹，至于眉眼的大小等，大约不会改到完全不一样的成分，这是我的理想，不知对不对。我想今年我也许可以有转机，好像有了一点健康的机会了，等天气和暖一点的时候，我一定要去照一张现在的我看看，不知道照出来成何样子，因为我已经有二十年不拍照了，到那时候，我一定会让大家看看，让关怀着我的人看看，二十年后的我是一个什么样子，让看过二十年前的我的照片的人，再看一看现在的我——对照一下，一个不同时代的女人，分别是怎样的？

　　不过在我看来，若是女人能有永远好的环境，自己好好地保养，她的青春是不大容易就消失的。精神上的安慰和环境的好坏，是能给人一个不同的收获的。

　　我近年来对于自己的修饰上是早已不关心的了，在家的时候简直连镜子都不大照，也懒得照，好看又怎样？不好看又有什么？我还感觉到美貌给女人永远带来坏运气，难得是幸福的，还是平平常常的也许还可以过一个平平常常的安逸的日子，有了美貌常会不知不觉地同你带来许多意外的麻烦的，不知我的感觉对不对？连我自己都不知道了，文立要我写稿子，我是久不动笔了，可巧为《飘》上的照片事有所感，所以随便乱涂了几句，也算了一件心事。

至于最近的照片，只有等我去拍了再刊登了。

飞　雪

萧红

>>>

是晚间，正在吃饭的时候，管门人来告诉：

"外面有人找。"

踏着雪，看到铁栅栏外我不认识的一个人，他说他是来找武术教师。那么这人就跟我来到房中，在门口他找擦鞋的东西，可是没有预备那样完备。表示着很对不住的样子，他怕是地板会弄脏的。厨房没有灯，经过厨房时，那人为了脚下的雪差不多没有跌倒。

一个钟头过去了吧！我们的面条在碗中完全凉透，他还没有走，可是他也不说"武术"究竟是学不学，只是在那里用手帕擦一擦嘴，揉一揉眼睛，他是要睡着了！我一面用筷子调一调快凝住的面条，一面看他把外衣的领子轻轻地竖起来，我想这回他一定是要走。然而没有走，或者是他的耳朵怕受冻，用皮领来取一下暖，其实，无论如何在屋里也不会冻耳朵，那么他是想坐在椅子上睡觉吗？这里是睡觉的地方？

结果他也没有说"武术"是学不学，临走时他才说：

"想一想……想一想……"

常常有人跑到这里来想一想，也有人第二次他再来想一想。立刻就决定的人一个也没有，或者是学或者是不学。看样子当面说不学，怕人不好意思，说学，又觉得学费不能再少一点吗？总希望武术教师把学费自动减少一点。

我吃饭时很不安定，替他挑碗面，替自己挑碗面，一会又剪一剪灯花，不然蜡烛颤嗦得使人很不安。

两个人一句话也不说，对着蜡烛吃着冷面。雪落得很大了！出去倒脏水回来，头发就是混合的。从门口望出去，借了灯光，大雪白茫茫，一刻就要倾满人间似的。

郎华披起才借来的夹外衣，到对面的屋子教武术。他的两只空袖口没进大雪片中去了。我听他开着对面那房子的门。那间客厅光亮起来。我向着窗子，雪片翻倒倾忙着，寂寞并且严肃的夜，围临着我，终于起着咳嗽关了小窗。找到一本书，读不上几页，又打开小窗，雪大了呢？还是小了？人在无聊的时候，风雨，总之一切天象会引起注意来。雪飞得更忙迫，雪片和雪片交织在一起。

　　很响的鞋底打着大门过道，走在天井里，鞋底就减轻了声音。我知道是汪林回来了。那个旧日的同学，我没能看见她穿的是中国衣裳或是外国衣裳，她停在门外的木阶上在按铃。小使女，也就是小丫鬟开了门，一面问：

　　"谁？谁？"

　　"是我，你还听不出来！谁！谁！"她有点不耐烦，小姐们有了青春更骄傲，可是做丫鬟的一点也不知道这个。假若不是落雪，一定能看到那女孩是怎样无知的把头缩回去。

　　又去读读书。又来看看雪，读了很多页了，但什么意思呢？我也不知道。因为我心里只记得：落大雪，天就转寒。那么从此我不能出屋了吧？郎华没有皮帽，他的衣裳没有皮领，耳朵一定要冻伤的吧？

在屋里，只要火炉生着火，我就站在炉边，或者更冷的时候，我还能坐到铁炉板上去把自己煎一煎。若没有木柈，我就披着被坐在床上，一天不离床，一夜不离床，但到外边可怎么能去呢？披着被上街吗？那还可以吗？

我把两只脚伸到炉腔里去，两腿伸得笔直，就这样在椅子上对着门看书；哪里是看书，假看，无心看。

郎华一进门就说："你在烤火腿吗？"

我问他："雪大小？"

"你看这衣裳！"他用面巾打着外套。

雪，带给我不安，带给我恐怖，带给我终夜各种不舒适的梦……一大群小猪沉下雪坑去……麻雀冻死在电线上，麻雀虽然死了，仍挂在电线上。行人在旷野白色的大树里，一排一排地僵直着，还有一些把四肢都冻丢了。

这样的梦以后，但总不能知道这是梦，渐渐明白些时，才紧紧抱住郎华，但总不能相信这不是真事。我说：

"为什么要做这样的梦？照迷信来说，这可不知怎样？"

"真糊涂，一切要用科学方法来解释，你觉得这梦是一种心理，心理是从哪里来的？是物质的反映。你摸摸你这肩膀，冻得这样凉，你觉到肩膀冷，所以，你做那样的梦！"很快地他又睡去。留下我觉得风从棚顶，从床底都会吹来，冻鼻头，又冻耳朵。

夜间，大雪又不知落得怎样了！早晨起来，一定会推不开门吧！记得爷爷说过：大雪的年头，小孩站在雪里露不出头顶……风不住扫打窗子，狗在房后哽哽地叫……

从冻又想到饿，明天没有米了。

灵魂的伤痕

庐隐

>>>

我没有事情的时候，往往喜欢独坐深思，这时我便把我自己站在高高的地方——暂且和那旅馆作别，不轩敞的屋子——矮小的身体和深闭的窗子——两只懒睁开的眼睛——我远远地望着，觉得也有可留恋的地方，所以我虽然和它是暂别，也不忍离它太远，不过在比较光亮的地方，玩耍些时候，也就回来了。

有一次我又和我的旅馆分别了，我站在月亮光底下，月亮光的澄澈便照见了我的全灵魂。这时自己很骄傲的，心想我在那矮小旅馆里，住得真够了，我的腰向来没伸直过，我的头向来没抬起来过，我就没有看见完全的我，到底是什么样子，今天夜里我可以伸腰了！我可以抬头了！我可以看见我自己了！月亮就仿佛是反光镜，我站在它的面前，我是透明的，我细细看着月亮中透明，自己十分的得意。后来我忽发现在我的心房的那里，有一个和豆子般的黑点，我不禁吓了一跳，不禁用手去摩，谁知不动还好，越动着这个黑点越大，并且觉得微微发痛了。黑点的扩张竟把月亮遮了一半，在那黑点的圈子里，不很清楚的影片一张一张地过去了，我把我所看见的记下来：

　　眼前一所学校门口挂着一个木牌，写的是："京都市立高等女学校"。我走进门来，觉得太阳光很强，天气有些燥热，外围的气压使得我异常沉闷，我到讲堂里看她们上课，有的做刺绣，有的做裁缝，有的做算学，她们十分的忙碌，我十分的不耐烦，我便悄悄地出了课堂的门，独自站在院子里，想藉着松林里吹来的风，和绿草送过来的草花香，医医我心头的燥闷。不久下堂了，许多学生站在石阶上，和我同进去的参观的同学也出来了，我们正和她们站个面对面，她们对我们做好奇的观望，我们也不转眼地看着她们。在她们中间，有一个穿着紫色衣裙的学生，走过来和我们谈话，然而她用的是日本语言，我们一句也不能领悟，石阶上她的同学们都拍着手笑了。她羞红了两颊，低头不语，后来竟用手巾拭起泪来，我们满心罩住疑云，狭窄的心，也几乎迸出急泪来！

我们彼此忙忙地过了些时，她忽然蹲在地下，用一块石头子，在土地上写道："我是中国厦门人。"这几个字打到大家眼睛里的时候，都不禁发出一声惊喜，又含着悲哀的叹声来！

那时候我站在那学生的对面，心里似喜似悲的情绪，又勾起我无穷的深思。我想，我这次离开我自己的家乡，到此地来，不是孤寂的，我有许多同伴，我，不是漂泊天涯的客子，我为什么见了她——听说是同乡，我就受了偌大的刺激呢？……但是想是如此想，无奈理性制不住感情。当她告诉我，她在这里，好像海边一只雁那么孤单，我竟为她哭了。她说她想说北京话，而不能说，使她的心急得碎了，我更为她止不住泪了！她又说她的父母现在住在台湾，她自幼就看见台湾不幸的民族的苦况……她知道在那里永没有发展的机会，所以她才留学到此地来……但她不时地思念祖国，好像想她的母亲一样，她更想到北京去，只恨没有能力，见了我们增无限的凄楚！她伤心得哭肿了眼睛，我看着她那暗淡的面容，莹莹的泪光：我实在觉得十分刺心，我亦不忍往下看了，也忍不住往下听了！我一个人走开了，无意中来到一株姿势苍老的松树底下来。在那树荫下，有一块平滑的白石头，石头旁边有一株血般的红的杜鹃花，正迎风作势。我就坐在石上，对花出神，无奈兴奋的情绪，正好像开了机关的车轮，不绝地旋转。我想到她孤身作客——她也许有很好的朋友，但是不自然的藩篱，已从天地开始，就布置了人间，她和她们能否相容，谁敢回答呵！

她说她父亲现在在台湾，使我不禁更想到台湾，我的朋友招治——她是一个台湾人——曾和我说："进了台湾的海口，便失了天赋的自由；若果是有血气的台湾人，一定要为应得的自由而奋起，不至像夜般的消沉！""唉！这话能够细想吗？我没有看见台湾人的血，但是我却看见眼前和血一般的杜鹃花了；我没有听见台湾人的悲啼，我却听见天边的孤雁嘹栗的哀鸣了！"

呵！人心是肉做的。谁禁得起铁锤打，热炎焚呢？我听见我心血的奔腾了，我感到我鼻管的酸辣了！我也觉得热泪是缘两颊流下来了！

天赋我思想的能力，我不能使它不想；天赋我沸腾的热血，我不能使它不沸；天赋我泪泉，我不能使它不流！

呵！热血沸了！

泪泉涌了！

我不怕人们的冷嘲，也不怕泪泉有干枯的时候。

呵！热血不住地沸吧！

泪泉不竭地流吧！

万事都一瞥过去了，只灵魂的伤痕，深深地印着！

初　　冬

萧红

>>>

初冬，我走在清凉的街道上，遇见了我的弟弟。

"莹姐，你走到哪里去？"

"随便走走吧！"

"我们去吃一杯咖啡，好不好，莹姐。"

咖啡店的窗子在帘幕下挂着苍白的霜层。我把领口脱着毛的外衣搭在衣架上。

我们开始搅着杯子玲琅的响了。

"天冷了吧！并且也太孤寂了，你还是回家的好。"弟弟的眼睛是深黑色的。

我摇了头，我说："你们学校的篮球队近来怎么样？还活跃吗？你还很热心吗？"

"我掷筐掷得更进步，可惜你总也没到我们球场上来了。你这样不畅快是不行的。"

我仍搅着杯子，也许飘流久了的心情，就和离了岸的海水一般，若非遇到大风是不会翻起的。我开始弄着手帕。弟弟再向我说什么我已不去听清他，仿佛自己是沉坠在深远的幻想的井里。

我不记得咖啡怎样被我吃干了杯了。茶匙在搅着空的杯子时，弟弟说："再来一杯吧！"

女侍者带着欢笑一般飞起的头发来到我们桌边，她又用很响亮的脚步摇摇地走了去。

也许因为清早或天寒，再没有人走进这咖啡店。在弟弟默默看着我的时候，在我的思想凝静得玻璃一般平的时候，壁间暖气管小小嘶鸣的声音都听得到了。

"天冷了，还是回家好，心情这样不畅快，长久了是无益的。"

"怎么！"

"太坏的心情于你有什么好处呢？"

"为什么要说我的心情不好呢？"

我们又都搅着杯子。有外国人走进来，那响着嗓子的、嘴不住在说的女人，就坐在我们的近边。她离得我越近，我越嗅到她满衣的香气，那使我感到她离得我更辽远，也感到全人类离得我更辽远。也许她那安闲而幸福的态度与我一点儿联系也没有。

我们搅着杯子，杯子不能像起初搅得发响了。街车好像渐渐多了起来，闪在窗子上的人影，迅速而且繁多了。隔着窗子，可以听到喑哑的笑声和喑哑的踏在行人道上的鞋子的声音。

"莹姐，"弟弟的眼睛是深黑色的，"天冷了，再不能漂流下去，回家去吧！"弟弟说："你的头发这样长了，怎么不到理发店去一次呢？"我不知道为什么被他这话所激动了。

也许要熄灭的灯火在我心中复燃起来，热力和光明鼓荡着我：

"那样的家我是不想回去的。"

"那么漂流着，就这样漂流着？"弟弟的眼睛是深黑色的。他的杯子留在左手里边，另一只手在桌面上，手心向上翻张了开来，要在空间摸索着什么似的。最后，他是捉住自己的领巾。我看着他在抖动的嘴唇："莹姐，我真担心你这个女浪人！"他牙齿好像更白了些，更大些，而且有力了，而且充满热情了。为热情而波动，他的嘴唇是那样的褪去了颜色。并且他的全人有些近乎狂人，然而安静，完全被热情侵占着。

出了咖啡店，我们在结着薄碎的冰雪上面踏着脚。

初冬，早晨的红日扑着我们的头发，这样的红光使我感到欣快和寂寞。弟弟不住地在手下摇着帽子，肩头耸起了又落下了，心脏也是高了又低了。

渺小的同情者和被同情者离开了市街。

停在一个荒败的枣树园的前面时，他突然把很厚的手伸给了我，这是我们要告别了。

"我到学校去上课！"他脱开我的手，向着我相反的方向背转过去。可是走了几步，又转回来：

"莹姐，我看你还是回家的好！"

"那样的家我是不能回去的，我不愿意受和我站在两极端的父亲的豢养……"

"那么你要钱用吗？"

"不要的。"

"那么，你就这个样子吗？你瘦了！你快要生病了！你的衣服也太薄啊！"弟弟的眼睛是深黑色的，充满着祈祷和愿望。

我们又握过手，分别向不同的方向走去。

太阳在我的脸面上闪闪耀耀。仍和未遇见弟弟以前一样，我穿着街头，我无目的地走。寒风，刺着喉头，时时要发作小小的咳嗽。

弟弟留给我的是深黑色的眼睛，这在我散漫与孤独的流荡人的心板上，怎能不微温了一个时刻？

灵魂可以卖吗

庐隐

>>>

荷姑她是我的邻居张诚的女儿，她从十五岁上，就在城里那所大棉纱工厂里，做一个纺纱的女工，现在已经四年了。

当夏天熹微的晨光笼罩着万物的时候，那铿锵悠扬的工厂开门的钟声，常常唤醒这城里居民的晓梦，告诉工人们做工的时间到了。那时我推开临街的玻璃窗，向外张望，必定看见荷姑拿着一个小盒子，里边装着几块烧饼，或是还有两片咸肉——这就是工厂里的午饭，从这里匆匆地走过。我常喜欢看着她，她也时常注视我，所以我们总算是一个相识的朋友呢！

　　我和她初次遇见的时候，只不过彼此对望着，仅在这两双视线里，打个照会。后来日子长了，我们也更熟悉了，不像从前那种拘束冷淡了。每次遇见的时候，彼此都含着温和的微笑，表示我们无限的情意。

　　今天我照常推开窗户，向下看去，荷姑推开柴门，匆匆地向这边来了，她来到我的窗下，便停住了，满脸露着很愁闷和怀疑的神气，仰着头，含着乞求的眼神颤巍巍地道："你愿意帮助我吗？"说完俯下头去，静待我的回答。我虽不知道她要我帮助她做什么，但是我的确很愿意尽我的力量帮助她，我更不忍看她那可怜的状态，我竟顾不得思索，急忙地应道："能够！能够！凡是你所要我做的事，我都愿意帮助你！"

　　"呵！谢上帝！你肯帮助我了！"荷姑极诚恳的这么说着，眼睛里露出欣悦的光采来，那两颊温和的笑痕在我的灵魂里，又增了一层更深的印象，甜美、神秘，使人永远不易忘记呢！过了些时，她又对我说："今天下午六点钟的时候，我们再使人永远不易忘记呢！"过了些时，她又对我说："今天下午六点钟的时候，我们再会吧！现在我还须到工厂里去。"我也说道："再会吧！"她便回转身子，匆匆地向工厂的那条路上去了。

荷姑走了，连影子都看不见了！但是我还怔怔地俯在窗子上，回想她那种可怜的神情，不禁使我生出一种神秘微妙的情感和激昂慷慨的壮气。我觉得世界上可怜的人实在太多了，但是像荷姑那种委曲沉痛的可怜，我还是第一次看见呢！她现在要求我帮助她，我的能力大约总有胜过她的，这是上帝给我为善的机会，实在是很难得而可贵的机会！我应当怎样地利用呵！

我决定帮助她了！那么我所帮助她的，必要使她满足，所以我现在应该预备了。她若是和我借钱，我一定尽我所有的帮助她；她若是有一种大需要，我直接不能给她，也要和母亲商量把我下月应得的费用，一齐给她，一定使她满足她所需要的。人们生活在世界上，缺乏金钱，实在是不幸的运命呢！但是能济人之急，才是人类互助的精神，可贵的德性！我有绝大的自尊心，不愿意做个自私自利的动物，我不住的这么想，我豪侠的壮气，也不住的增加，恨不得荷姑立刻就来，我不要她向我乞求，便把我所有的钱，好好地递给她，使她可以少受些疑难和愁虑的苦！

我自从荷姑走后，我心里没有一刻宁帖，那一股勇于为善的壮气，直使我的心容留不下，时时流露在我的行动里，说话的声音特别沉着，走路都不像平日了。今天的我仿佛是古时候的虬髯客和红拂那一流的人，"气概不可一世"。

今天的日子，过得特别慢，往日那太阳射在棉纱厂的烟筒尖上，是很容易的事情，可是今天，我至少总有十几次，从这窗外看过去，日影总没到那里，现在还差一寸呢！

"呵！那烟筒的尖上，现在不是射着太阳，放出闪烁的光来吗？荷姑就要来了！"我俯在窗子上，不禁喜欢得自言自语起来。

远远地，一队工人从工厂里络绎着出来了：他们有的向南边的大街上去；有的到东边那广场里去，顷刻间便都散尽了。但是荷姑还不见出来，我急切地盼望着，又过了些时，那工厂的大铁门，才又"呀"的一声开了，荷姑忙忙地往我们这条胡同里来。她脸上挂满了汗珠，好似雨点般滴下来，两颊红得直像胭脂，头筋一根根从皮肤里隐隐地印出来，表示那工厂里恶浊的空气，和疲劳的压迫。

她渐渐地走近了，我们的视线彼此接触上了，她微微地笑着走到我的书房里来，我等不得和她说什么话，我便跑到我的卧室里，把那早已预备好的一包钱，送到荷姑面前，很高兴地向她说："你拿回去吧！若是还有需用，我再想法子帮助你！"

荷姑起先似乎很不明白地向我凝视着，后来她忽叹了一口气，冷笑道："世界上应该还有比钱更为需要的东西吧！"

我真不明白，也没有想到，荷姑为什么竟有这种出人意料的情形。但是我不能不后悔，我未曾料到她的需要，就造次把含侮辱人类的金钱，也可以说是万恶的金钱给她，竟致刺激得她感伤。唉！这真是一种极大的羞耻！我的眼睛不敢抬起来了！羞和急的情绪，激成无数的泪水，从我深邃的心里流出来！

我们彼此各自伤心寂静着，好久好久，荷姑才拭干她的眼泪和我说道："我现在要告诉你一个小故事，或者可以说是我四年以来的历史，这个就是我要求你帮助的。"我就点头应许她，以下的话，便是她所告诉我的故事了。

"在四年前，我实在是一个天真活泼的小孩子，现在自然是不像了！但是那时候我在中学预科里念书，无论谁不能想象我会有今天这种沉闷呢。"

荷姑说到这里，不禁叹息流下泪来，我看着她那种凄苦憔悴的神气，怎能不陪着她落下许多同情泪呢。等了许久，荷姑才又继续说：

"日子过得极快，好似闪电一般，这个冰雪森严的冬天，早又回去了，那时我离中学预科毕业期，只有半年了，偏偏我的父亲的旧病，因春天到了，便又发作起来，不能到店里去做事，家境十分困难，我不得不丢弃这张将要到手的毕业文凭，回到家里侍奉父亲的病！当然我不能不灰心！但是这还算不得什么，因为慈爱的父母和弟妹，可以给我许多安慰，不过没有几天，我的叔叔便托人替我荐到那所大的绵纱厂里做女工，一个月也有十几块钱的进项，于是我便不得不离开我的父母弟妹，去做工了。幸亏这时我父亲的病差不多快好了，我还不至于十分不放心。

"走到工厂临近的那条街上，早就听见轧轧隆隆的声音，这种声音，实含着残忍和使人厌憎的意思，足以给人一种极大的不快和刺激，更有那乌黑的煤烟和污腻的油气，更加使人头目昏胀！

"我第一天进这工厂的门，看见四面黯淡的神气，实在忍耐不住，但是这些新奇的境地和庞大的机器，确能使我的思想轮子，不住的转动，细察这些机器的装置和应用，实在不能说没有一点兴趣。过了几天，我被编入纺纱的那一队里，那个纺车的装置和转动，我开手学习，也很要用我的脑力去领会和记忆，所以那时候，我仍不失为一个有活泼思想的人，常常从那油光的大铜片上，映出我两颊微笑的窝痕。

"那一年春天，很随便的过去了。所有鲜红的桃花托上，那时不是托着桃花，是托着嫩绿带毛的小桃子，榆树的残花落了一地，那叶子却长得非常茂盛，遮蔽着那灼人肌肤的太阳，竟是一个天然的凉篷。所有春天的燕子、杜鹃、黄莺儿，也都躲到别处去了。这一切新鲜夏天的景致，本来很容易给人们一种新刺激和新趣味，但是在那工厂里的人，实在得不到这种机会呢！

"我每天早晨，一定的时间到工厂里去，没有别的爽快的事情和希望，只是每次见你俯在窗子上，微笑着招呼，那便是我一天里最快活的事情了！除了这件，便是那急徐高低永没变更过一次的轧轧隆隆的机器声，充满了我的两耳和心灵，和永远用一定规矩去转动那纺车，这便是我每天的工作了！我的工作实在使我厌烦，有时我看见别的工人打铁，我便有一个极热烈的愿望，就是要想把那铁锤放在我的手中，拿起来试打两下，使那金黄色的火星，格外多些，似乎能使这沉黑的工厂，变光明些。

"有一次我看着刘良站在那铁炉旁边，磨擦那把铁锤子，火星四散，不觉看怔了，竟忘记使纺车转动，忽听见一种严厉的声音道'唉！'我吓了一跳，抬头只见管纺纱组的工头板着铁青的面孔，恶狠狠地向我道：'这个工作便是你唯一的责任，除此以外，你不应该再想什么。因为工厂里用钱雇你们来，不是叫你运用思想，只是运用你的手足和机器一样，谋得最大的利益，实在是你们的本分！'

"唉！这些话我当时实在不能完全明白，不过我从那天起，我果然不敢再想什么。渐渐成了习惯，除了谋利和得工资以外，也似乎不能再想什么了！便是离开工厂以后，耳朵还是充满着纺车轧轧的声音，和机器隆隆的声音；脑子里也只有纺车怎样动转的影子，和努力纺纱的念头，别的一切东西，我都觉得仿佛很隔膜的。

"这样过了三四年，我自己也觉得我实在是一副很好的机器，和那纺车似乎没有很大的分别，因为我纺纱不过是手自然的活动，有秩序的旋转，除此更没有别的意义。至于我转动的熟习，可以说是不能再增加了！

　　"在那年秋天里的一天——八月十号——是工厂开厂的纪念日，放了一天工，我心里觉得十分烦闷，便约了和我同组的一个同伴，到城外去散心。我们出了城，耳旁顿觉得清静了。天空也是一望无涯的苍碧，不着些微的云雾，只有一阵阵的西风吹着那梧桐叶子，发出一种清脆的音乐来，和那激石潺潺的水声，互相应和。我们来到河边，寂静地站在那里，水里映出两个人影，惊散了无数的游鱼，深深地躲向河底去了。

　　"我们后来在一块白润的石头上坐下了，悄悄地看着水里的树影，上下不住的摇荡，一个乌鸦从斜刺里飞过去了。无限幽深的美，充满了我们此刻的灵魂里，细微的思潮，好似游丝般不住地荡漾，许多的往事，久已被工厂里的机器声压没了，现在仿佛大梦初醒，逐渐地浮上心头。

　　"忽一阵尖利的秋风，吹过那残荷的清香来，五年前一个深刻的印象，从我灵魂深处，渐渐地涌现上来，好似电影片一般的明显。在一个乡野的地方，天上的凉云，好似流水般急驰过去，斜阳射在那蜿蜒的荷花池上，照着荷叶上的水珠，晶晶发亮。一队活泼的女学生，围绕着那荷花池，唱着歌儿，这个快乐的旅行，实在是我一生最大的幸福呢！今天的荷花香，正是五年前的荷花香，但是现在的我，绝不是五年前的我了！

"我想到我可亲爱的学伴，更想到放在学校标本室的荷瓣和秋葵，我心里的感动，我真不知道怎样可以形容出来，使你真切的知道！"

荷姑说到这里，喉咙忽咽住了，眼眶里满含着痛泪，望着碧蓝的天空，似乎求上帝帮助她，超拔她似的，其实这实在是她的妄想呵！我这时满心的疑云乃越积越厚，忍不住的问荷姑道："你要我帮助的到底是什么呢？"

荷姑被我一问，才又往下说她的故事："那时我和我的同伴各自默默地沉思着，后来我的同伴忽和我说：'我想我自从进了工厂以后，我便不是我了！唉！我们的灵魂可以卖吗？'呵！这是何等痛心的疑问！我只觉得一阵心酸，愁苦的情绪，乱了我的心，我一句话也回答不出来！停了半天只是自己问着自己道：'灵魂可以卖吗？'除此我不能更说别的了！

"我们为了这个痛心的疑问，都呆呆地瞪视那去而不返的流水，不发一言，忽然从芦苇丛中，跑出四五个活泼的水鸭来，在水里自如地游泳着，捕捉那肥美的水虫充饥，水鸭的自由，便使我们生出一种嫉恨的思想——失了灵魂的工人，还不如水鸭呢！——而这一群恼人的水鸭，也似明白我们的失意，对着我们，做出傲慢得意的高吟，不住'呵，呵！'地叫着，这个我们真不能再忍受了，便急急地离开这境地，回到那尘烟充满的城里去。

"第二天工厂照旧开工，我还是很早地到了工厂里，坐在纺车的旁边，用手不住摇转着，而我目光和思想，却注视在全厂的工人身上，见他们手足的转动，永远是从左向右，他们所站的地方，也永远没有改动分毫，他们工作的熟练，实在是自然极了！当早晨工厂动工钟响的时候，工人便都像机器开了锁，一直不止的工作。等到工厂停工钟响了，他们也像机器上了锁，不再转动了！他们的面色，是黧黑里隐着青黄，眼光都是木强的，便是做了一天的工作，所得的成绩，他们也不见得有什么愉快，只有那发工资的一天，大家脸上是露着凄惨的微笑！

"我渐渐地明白了，我同伴的话实在是不错，这工厂里的工人，实在不只是单卖他们的劳力，他们没有一些思想和出主意的机会——灵魂应享的权利，他们不是卖了他们的灵魂吗？

"但是我永远不敢相信，我的想法是对的，因为灵魂的可贵，实在是无价之宝，这有限的工资便可以买去？或者工人便甘心卖出吗？……'灵魂可以卖吗？'这个绝大的难题，谁能用忠诚平正的心，给我们一个圆满的回答呢？"

荷姑说完这段故事，只是低着头，用手摸弄着她的衣襟，脸上露着十分沉痛的样子，我心里只觉得七上八下的乱跳，更不能说出半句话来，过了些时荷姑才又说道："我所求你帮助我的，就是请你告诉我，灵魂可以卖吗？"

我被她这一问，实在不敢回答，因为这世界上的事情不合理的太多呵！我实在自悔孟浪，为什么不问明白，便应许帮助她呢？现在弄得欲罢不能，我急得眼泪湿透了衣襟，但还是一句话没有，荷姑见我这种为难的情形，不禁叹道：

"金钱虽是可以帮助无告的穷人，但是失了灵魂的人的苦恼，实在更甚于没有金钱的百倍呢！人们只知道用金钱周济人，而不肯代人赎回比金钱更要紧的灵魂！"

　　她现在不再说什么了！我更不能说什么了！只有忏悔和羞愧的情绪，激成一种小声浪，责备我道："帮助人呵！用你的勇气回答她呵！灵魂可以卖吗？"

辑四

岁月静好，
安之若素

月下听禅，旨趣宜远；月下说剑，
肝胆宜真；月下论诗，风致宜幽；
月下对美人，情意宜笃。

蛛丝和梅花

林徽因

> > >

　　真真地就是那么两根蛛丝，由门框边轻轻地牵到一枝梅花上。就是那么两根细丝，迎着太阳光发亮……再多了，那还像样么。一个摩登家庭如何能容蛛网在光天白日里作怪，管它有多美丽，多玄妙，多细致，够你对着它联想到一切自然，造物的神工和不可思议处；这两根丝本来就该使人脸红，且在冬天够多特别！可是亮亮的，细细的，倒有点像银，也有点像玻璃制的细丝，委实不算讨厌，尤其是它们那么洒脱风雅，偏偏那样有意无意地斜着搭在梅花的枝梢上。

你向着那丝看，冬天的太阳照满了屋内，窗明几净，每朵含苞的，开透的，半开的梅花在那里挺秀吐香，情绪不禁迷茫缥缈地充溢心胸，在那刹那的时间中振荡。同蛛丝一样的细弱，和不必需，思想开始抛引出去：由过去牵到将来，意识的，非意识的，由门框梅花牵出宇宙，浮云沧波踪迹不定。是人性，艺术，还是哲学，你也无暇计较，你不能制止你情绪的充溢，思想的驰骋，蛛丝梅花竟然是瞬息可以千里！

好比你是蜘蛛，你的周围也有你自织的蛛网，细致地牵引着天地，不怕多少次风雨来吹断它，你不会停止了这生命上基本的活动。此刻"……一枝斜好，幽香不知甚处"……

拿梅花来说吧，一串串丹红的结蕊缀在秀劲的傲骨上，最可爱，最可赏，等半绽将开地错落在老技上时，你便会心跳！梅花最怕开；开了便没话说。索性残了，沁香拂散同夜里炉火都能成了一种温存的凄清。

记起了，——也就是说到梅花、玉兰。初是有个朋友说起初恋时玉兰刚开完，天气每天的暖，住在湖旁，每夜跑到湖边林子里走路，又静坐幽僻石上看隔岸灯火，感到好像仅

有如此虔诚地孤对一片泓碧寒星远市，才能把心里情绪抓紧
了，放在最可靠最纯净的一撮思想里，始不至亵渎了或是惊
着那"寤寐思服"的人儿。那是极年轻的男子初恋的情景
——对象渺茫高远，反而近求"自我的"郁结深浅——他问
起少女的情绪。

就在这里，忽记起梅花。一枝两枝，老枝细枝，横着，
虬着，描着影子，喷着细香；太阳淡淡金色地铺在地板上；
四壁琳琅，书架上的书和书签都像在发出言语；墙上小对联
记不得是谁的集句；中条是东坡的诗。你敛住气，简直不敢
喘息，踮起脚，细小的身形嵌在书房中间，看残照当窗，花
影摇曳，你像失落了什么，有点迷惘；又像"怪东风着意相
寻"，有点儿没主意！浪漫，极端的浪漫。"飞花满地谁为
扫？"你问，情绪风似的吹动，卷过，停留在惜花上面。
再回头看看，花依旧嫣然不语。"如此娉婷，谁人解看花
意"，你更沉默，几乎热情地感到花的寂寞，开始怜花，把
同情统统诗意地交给了花心！

这不是初恋，是未恋，正自觉"解看花意"的时代。
情绪的不同，不只是男子和女子有分别，东方和西方也甚有
差异。情绪即使根本相同，情绪的象征，情绪所寄托，所栖

止的事物却常常不同。水和星子同西方情绪的联系，早就成了习惯。一颗星子在蓝天里闪，一流冷涧倾泄一片幽愁的平静，便激起他们诗情的波涌，心里甜蜜地，热情地便唱着由那些鹅羽的笔锋散下来的"她的眼如同星子在暮天里闪"，或是"明丽如同单独的那颗星，照着晚来的天"，或"多少次了，在一流碧水旁边，忧愁倚下她低垂的脸"。

惜花，解花太东方，亲昵自然，含着人性的细致是东方传统的情绪。

此外年龄还有尺寸，一样是愁，却跃跃似喜，十六岁时的，微风凌乱，不颓废，不空虚，踏着理想的脚充满希望，东方和西方却一样。人老了脉脉烟雨，愁吟或牢骚多折损诗的活泼。大家如香山、稼轩、东坡、放翁的白发华发，很少不哽在诗里，至少是令人不快。话说远了，刚说是惜花，东方老少都免不了这嗜好，这倒不论老的雪鬓曳杖，深闺里也就攒眉千度。

最叫人惜的花是海棠一类的"春红"，那样娇嫩明艳，开过了残红满地，太招惹同情和伤感。但在西方即使也有我们同样的花，也还缺乏我们的廊庑庭院。有了"庭院深深深几许"才有一种庭院里特有的情绪。如果李易安的"斜风细雨"底下不是"重门须闭"也就不"萧条"得那样深沉可爱;李后主的"终日谁来"也一样的别有寂寞滋味。看花更须庭院,深深锁在里面认识,不时还得有轩窗栏杆,给你一点凭借,虽然也用不着十二栏杆倚遍,那么慵弱无聊。

当然,旧诗里伤愁太多:一首诗竟像一张美的证券,可以照着市价去兑现!所以庭花、乱红、黄昏、寂寞太滥,时常失却诚实。西洋诗,恋爱总站在前头,或是"忘掉",或是"记起",月是为爱,花也是为爱,只使全是真情,也未尝不太腻味。就以两边好的来讲,拿他们的月光同我们的月色比,似乎是月色滋味深长得多。花更不用说了,我们的花"不是预备采下缀成花球,或花冠献给恋人的",却是一树一树绰约的、个性的,自己立在情人的地位上接受恋歌的。

所以,未恋时的对象最自然的是花,不是因为花而起的感慨——十六岁时无所谓感慨——仅是刚说过的自觉解花的情绪。寄托在那清丽无语的上边,你心折它绝韵孤高,你为花动了感情,实说你同花恋爱,也未尝不可——那惊讶狂喜也不减于初恋。还有那凝望,那沉思……

一根蛛丝！记忆也同一根蛛丝，搭在梅花上就由梅花枝上牵引出去，虽未织成密网，这诗意的前后，也就是相隔十几年的情绪的联络。

　　午后的阳光仍然斜照，庭院阒然，离离疏影，房里窗棂和梅花依然伴和成为图案，两根蛛丝在冬天还可以算为奇迹，你望着它看，真有点像银，也有点像玻璃，偏偏那么斜挂在梅花的枝梢上。

窗子以外

林徽因

>>>

话从哪里说起？等到你要说话，什么话都是那样渺茫地找不到个源头。

此刻，就在我眼帘底下坐着是四个乡下人的背影：一个头上包着黯黑的白布，两个褪色的蓝布，又一个光头。他们支起膝盖，半蹲半坐的，在溪沿的短墙上休息。每人手里一件简单的东西：一个是白木棒，一个篮子，那两个在树荫底下我看不清楚。无疑地他们已经走了许多路，再过一刻，抽完一筒旱烟以后，是还要走许多路的。兰花烟的香味频频随着微风，袭到我官觉上来，模糊中还有几段山西梆子的声调，虽然他们坐的地方是在我廊子的铁纱窗以外。

铁纱窗以外，话可不就在这里了。永远是窗子以外，不是铁纱窗就是玻璃窗，总而言之，窗子以外！

所有的活动的颜色、声音，生的滋味，全在那里的，你并不是不能看到，只不过是永远地在你窗子以外罢了。

多少百里的平原土地，多少区域的起伏的山峦，昨天由窗子外映进你的眼帘，那是多少生命日夜在活动着的所在；每一根青的什么麦黍，都有人流过汗；每一粒黄的什么米粟，都有人吃去；其间还有的是周折，是热闹，是紧张！可是你则并不一定能看见，因为那所有的周折，热闹，紧张，全都在你窗子以外展演着。

在家里罢，你坐在书房里，窗子以外的景物本就有限。那里两树马缨，几棵丁香；榆叶梅横出疯杈的一大枝；海棠因为缺乏阳光，每年只开个两三朵——叶子上满是虫蚁吃的创痕，还卷着一点焦黄的边；廊子幽秀地开着扇子式，六边形的格子窗，透过外院的日光，外院的杂音。什么送煤的来了，偶然你看到一个两个被煤炭染成黢黑的脸；什么米送到了，一个人捎着一大口袋在背上，慢慢踱过屏门；还有自来水、电灯、电话公司来收账的，胸口斜挂着皮口袋，手里推着一辆自行车；更有时厨子来个朋友了，满脸的笑容，"好呀，好呀"地走进门房；什么赵妈的丈夫来拿钱了，那是每月一号一点都不差的，早来了你就听到两个人嘟嘟哝哝争吵的声浪。

那里不是没有颜色、声音、生的一切活动，只是他们和你总隔个窗子——扇子式的、六边形的、纱的、玻璃的！

你气闷了把笔一搁说，这叫作什么生活！你站起来，穿上不能算太贵的鞋袜，但这双鞋和袜的价钱也就比——想它做什么，反正有人每月的工资，一定只有这价钱的一半乃至于更少。

你出去雇洋车了，拉车的嘴里所讨的价钱当然是要比例价高得多，难道你就傻子似的答应下来？不，不，三十二子，拉就拉，不拉，拉倒！心里也明白，如果真要充内行，你就该说，二十六子，拉就拉——但是你好意思争！

车开始辗动了，世界仍然在你窗子以外。长长的一条胡同，一个个大门紧紧地关着。就是有开的，那也只是露出一角，隐约可以看到里面有南瓜棚子，底下一个女的，坐在小凳上缝缝做做的；另一个，抓住还不能走路的小孩子，伸出头来喊那过路卖白菜的。至于白菜是多少钱一斤，那你是听不见了，车子早已拉得老远，并且你也无需乎知道的。在你每月费用之中，伙食是一定占去若干的。在那一笔伙食费里，白菜又是多么小的一个数。难道你知道了门口卖的白菜多少钱一斤，你真把你哭丧着脸的厨子叫来申斥一顿，告诉他每一斤白菜他多开了你一个"大子儿"？

车越走越远了，前面正碰着粪车，立刻你拿出手绢来，皱着眉，把鼻子蒙得紧紧的，心里不知怨谁好。

怨天做的事太古怪，好好的美丽的稻麦却需要粪来浇！怨乡下人太不怕臭，不怕脏，发明那么两个篮子，放在鼻前手车上，推着慢慢走！你怨市里行政人员不认真办事，如此脏臭不卫生的旧习不能改良，十余年来对这粪车难道真无办法？为着强烈的臭气隔着你窗子还不够远，因此你想到社会卫生事业如何还办不好。

路渐渐好起来，前面墙高高的是个大衙门。这里你简直不止隔个窗子，这一带高高的墙是不通风的。你不懂里面有多少办事员，办的都是什么事；多少浓眉大眼的，对着乡下人做买卖的吆喝诈取；多少个又是脸黄黄的可怜虫，混半碗饭分给一家子吃。自欺欺人，里面天天演的到底是什么把戏？但是如果里面真有两三个人拼了命在那里奋斗，为许多人争一点便利和公道，你也无从知道！

到了热闹的大街了，你仍然像在特别包厢里看戏一样，本身不会，也不必参加那出戏；倚在栏杆上，你在审美的领略，你有的是一片闲暇。但是如果这里洋车夫问你在哪里下来，你会吃一惊，仓促不知所答。生活所最必需的你并不缺乏什么，你这出来就也是不必需的活动。

偶一抬头，看到街心和对街铺子前面那些人，他们都是急急忙忙地在时间、金钱的限制下采办他们生活所必需的。

两个女人手忙脚乱地在监督着店里的伙计秤秤。二斤四两，二斤四两的什么东西，且不必去管，反正由那两个女人的认真的神气上面看去，必是非同小可、性命攸关的货物。并且如果秤得少一点时，那两个女人为那点吃亏的分量必定感到重大的痛苦；如果秤得多时，那伙计又知道这年头那损失在东家方面真不能算小。

于是那两边的争持是热烈的、必需的，大家声音都高一点；女人脸上呈块红色，头发披下了一缕，又用手抓上去；伙计则维持着客气，口里嚷着："错不了，错不了！"

热烈的、必需的，在车马纷纭的街心里，忽然由你车边冲出来两个人；男的，女的，各各提起两脚快跑。这又是干什么的，你心想，电车正在拐大弯。那两人原就追着电车，由轨道旁边擦过去，一边追着，一边向电车上卖票的说话。电车是不容易赶的，你在洋车上真不禁替那街心里奔走赶车的人担心。但是你也知道如果这趟没赶上，他们就可以在街旁站个半点来钟，那些宁可盼穿秋水不雇洋车的人，也就是因为他们的生活而必需计较和节省到洋车同电车价钱上那相差的数目。

此刻洋车跑得很快，你心里继续着疑问你出来的目的，到底采办一些什么必需的货物。眼看着男男女女挤在市场里面，门首出来一个进去一个，手里都是持着包包裹裹，里边虽然不会全是他们当日所必需的，但是如果当中夹着一盒稍微奢侈的物品，则亦必是他们生活中间闪着亮光的一个愉快！

你不是听见那人说么？里面草帽，一块八毛五，贵倒贵点，可是"真不赖"！他提一提帽盒向着打招呼的朋友，他摸一摸他那剃得光整的脑袋，微笑充满了他全个脸。那时那一点迸射着光闪的愉快，当然的归属于他享受，没有一点疑问，因为天知道，这一年中他多少次地克己省俭，使他赚来这一次美满的、大胆的奢侈！

那点子奢侈在那人身上所发生的喜悦，在你身上却完全失掉作用，没有闪一星星亮光的希望！你想，整年整月你所花费的，和你那窗子以外的周围生活程度一比较，严格算来，可不都是非常靡费的用途？每奢侈一次，你心上只有多难过一次，所以车子经过的那些玻璃窗口，只有使你更惶恐，更空洞，更怀疑，前后彷徨不着边际。并且看了店里那些形形色色的货物，除非你真是傻子，难道不晓得它们多半是由哪一国工厂里制造出来的！奢侈是不能给你愉快的，它只有要加增你的戒惧烦恼。每一尺好看点的纱料，每一件新鲜点的工艺品！

你诅咒着城市生活，不自然的城市生活！检点行装说，走了，走了，这沉闷没有生气的生活，实在受不了，我要换个样子过活去。健康的旅行既可以看看山水古刹的名胜，又

160

可以知道点内地纯朴的人情风俗。走了，走了，天气还不算太坏，就是走他一个月六礼拜也是值得的。

没想到不管你走到哪里，你永远免不了坐在窗子以内的。不错，许多时髦的学者常常骄傲地带上"考察"的神气，架上科学的眼镜偶然走到哪里一个陌生的地方瞭望，但那无形中的窗子是仍然存在的。

不信，你检查他们的行李，有谁不带着罐头食品、帆布床，以及别的证明你还在你窗子以内的种种零星用品，你再摸一摸他们的皮包，那里短不了有些钞票；一到一个地方，你有的是一个提梁的小小世界。

不管你的窗子朝向哪里望，所看到的多半则仍是在你窗子以外，隔层玻璃，或是铁纱！隐隐约约你看到一些颜色，听到一些声音。如果你私下满足了，那也没有什么，只是千万别高兴起说什么接触了、认识了若干事物人情，天知道那是罪过！洋鬼子们的一些浅薄，千万学不得。

你是仍然坐在窗子以内的，不是火车的窗子、汽车的窗子，就是客栈逆旅的窗子，再不然就是你自己无形中习惯的窗子，把你搁在里面。

接触和认识实在谈不到，得天独厚的闲暇生活先不容你。一样是旅行，如果你背上捐的不是照相机而是一点做买卖的小血本，你就需要全副的精神来走路：你得留神投宿的地方；你得计算一路上每吃一次烧饼和几颗沙果的钱；遇着同行的战战兢兢的打招呼，互相捧出诚意，遇着困难时好互相关照帮忙。到了一个地方你是真带着整个血肉的身体到处碰运气，紧张的境遇不容你不奋斗，不与其他奋斗的血和肉的接触，直到经验使得你认识。

前日公共汽车里一列辛苦的脸，那些谈话，里面就有很多生活的分量。

陕西过来做生意的老头和那旁坐的一股客气，是不得已的；由交城下车的客人执着红粉包纸烟递到汽车行管事手里也是有多少理由的；穿棉背心的老太婆默默地挟住一个蓝布包袱，一个钱包，是在用尽她的全副本领的。果然到了冀村，她错过站头，还亏别个客人替她要求车夫，将汽车退行两里路，她还不大相信地望着那村站，口里啰唆着这地方和上次如何两样了。开车的一面发牢骚一面爬到车顶替老太婆拿行李。经验使得他有一种涵养，行旅中少不了有认不得路的老太太，这个道理全世界是一样的，伦敦警察之所以特别和蔼，也是从迷路的老太太、孩子们身上得来的。

话说了这许多，你仍然在廊子底下坐着，窗外送来溪流的喧响，兰花烟气味早已消失，四个乡下人这时候当已到了上流"庆和义"磨坊前面。昨天那里磨坊的伙计很好笑的满脸挂着面粉，让你看着磨坊的构造；坊下的木轮，屋里旋转着的石碾，又在高低的院落里，来回看你所不经见的农具在日影下列着。院中一棵老槐、一丛鲜艳的杂花、一条曲曲折折引水的沟渠，伙计和气地说闲话。他用着山西口音，告诉你，那里一年可出五千多包的面粉，每包的价钱约略两块多钱。又说这十几年来，这一带因为山水忽然少了，磨坊关闭了多少家，外国人都把那些磨坊租去作他们避暑的别墅。惭愧的你说，你就是住在一个磨坊里面。他脸上堆起微笑，让面粉一星星在日光下映着，说认得认得，原来你所租的磨坊主人，一个外国牧师，待这村子极和气，乡下人和他还都有好感情。

这真是难得了，并且好感的由来还有实证。就是那一天早上你无意中出去探古寻胜，这一省山明水秀，古刹寺院动不动就是宋辽的原物。走到山上一个小村的关帝庙里，看到一个铁铎，刻着万历年号，原来是万历赐这村里庆成王的后人的，不知怎样流落到卖古董的手里。七年前让这牧师买去，晚上打着玩，嘹亮的钟声被村人听到，急忙赶来打听，要凑原价买回，情辞恳切。说起这是他们吕姓的祖传宝物，绝不能让它流落出境，这牧师于是真个把铁铎还了他们，从此便在关帝庙神前供着。

这样一来你的窗子前面便展开了一张浪漫的图画，打动了你的好奇，管它是隔一层或两层窗子，你也忍不住要打听点底细，怎么明庆成王的后人会姓吕？这下子文章便长了。

如果你的祖宗是皇帝的嫡亲弟弟，你是不会，也不愿忘掉的。据说庆成王是永乐①的弟弟，这赵庄村里的人都是他的后代。不过就是因为他们记得太清楚了，另一朝的皇帝都有些老大不放心，雍正间诏命他们改姓，由姓朱改为姓吕，但是他们还有用二十字排行的方法，使得他们不会弄错他们是这一脉子孙。

这样一来你就有点心跳了，昨天你雇来那打水洗衣服的不也是赵庄村来的，并且还姓吕！果然那土头土脑圆脸大眼

———————————
① 指明成祖朱棣。

的少年是个皇裔贵族，真是有失尊敬了。那么这村子一定穷不了，但事实上则不见得。

田亩一片，年年收成也不坏。家家户户门口有特种围墙，像个小小的堡垒——当时防匪用的。屋子里面有大漆衣柜衣箱，柜门上白铜擦得很亮；炕上棉被红红绿绿也颇鲜艳。可是据说关帝庙里已有四年没有唱戏了，虽然戏台还高巍巍的对着正殿。村子这几年穷了，有一位王孙告诉你，唱戏太花钱，尤其是上边使钱。

这里到底是隔个窗子，你不懂了，一样年年好收成，为什么这几年村子穷了，只模模糊糊听到什么军队驻了三年多等，更不懂是，村子向上一年辛苦后的娱乐，关帝庙里唱唱戏，得上面使钱？既然隔个窗子听不明白，你就通气点别尽管问了。

隔着一个窗子你还想明白多少事？昨天雇来吕姓倒水，今天又学洋鬼子东逛西逛，跑到下面养有鸡羊、上面挂有武魁匾额的人家，让他们用你不懂得的乡音招呼你吃茶，炕上坐，坐了半天出到门口，和那送客的女人周旋客气了一回，才恍然大悟，她就是替你倒脏水洗衣裳的吕姓王孙的妈，前晚上还送饼到你家来过！

　　这里你迷糊了。算了算了！你简直老老实实地坐在你窗子里得了，窗子以外的事，你看了多少也是枉然，大半你是不明白，也不会明白的。

秋光中的西湖

庐隐

>>>

　　我像是负重的骆驼般，终日不知所谓地向前奔走着。突然心血来潮，觉得这种不能喘气的生涯，不能再继续了，因此便决定到西湖去，略事休息。

　　在匆忙中上了沪杭甬的火车，同行的有朱、王二女士和建，我们相对默然地坐着。不久车身蠕蠕而动了，我不禁叹了一口气道："居然离开了上海。"

　　"这有什么奇怪，想去便去了！"建似乎不以我多感慨的态度为然。

查票的人来了，建从洋服的小袋里掏出了四张来回票，同时还带出一张小纸头来，我捡起来，看见上面写着："到杭州：第一大吃而特吃，大玩而特玩……"真滑稽，这种大计划也值得大书而特书，我这样说着递给朱、王二女士看，她们也不禁哈哈大笑了。

来到嘉兴时，天已大黑。我们肚子都有些饿了，但火车上的大菜既贵又不好吃，我便提议吃茶叶蛋，便想叫茶房去买，他好像觉得我们太吝啬，坐二等车至少应当吃一碗火腿炒饭，所以他冷笑道："要到三等车里才买得到。"说着他便一溜烟跑了。

"这家伙真可恶！"建愤怒地说着，最后他只得自己跑到三等车去买了来。吃茶叶蛋我是拿手，一口气吃了四个半，还觉得肚子里空无所在，不过当我伸手拿第五个蛋时，被建一把夺了去，一面埋怨道："你这个人真不懂事，吃那么许多，等些时又要闹胃痛了。"

这一来只好咽一口唾沫算了。王女士却向我笑道："看你个子很瘦小，吃起东西来倒很凶！"其实我只能吃茶叶蛋，别的东西倒不可一概而论呢！——我很想这样辩护，但一转念，到底觉得无所谓，所以也只有淡淡的一笑，算是我默认了。

车子进杭州城站时，已经十一点半了，街上的店铺多半都关了门，几盏黯淡的电灯放出微弱的黄光。但从火车上下来的人，却吵成一片，挤成一堆，此外还有那些客栈的招揽生意的茶房，把我们围得水泄不通，不知花了多少力气，才打出重围叫了黄包车到湖滨去。

车子走过那石砌的马路时，一些熟悉的记忆浮上我的观念里来。一年前我同建曾在这幽秀的湖山中做过寓公，转眼之间又是一年多了，人事只管不停的变化，而湖山呢，依然如故。清澈的湖波和笼雾的峰峦似笑我奔波无谓吧！

我们本决意住清泰第二旅馆，但是到那里一问，已经没有房间了，只好到湖滨旅馆去。

深夜时我独自凭着望湖的碧栏，看夜幕沉沉中的西湖。天上堆叠着不少的雨云，星点像怕羞的女郎，踯躅于流云间，其光隐约可辨。十二点敲过许久了，我才回到房里睡下。

晨光从白色的窗幔中射进来，我连忙叫醒建，同时我披了大衣开了房门。一阵沁肌透骨的秋风，从桐叶梢头穿过，飒飒的响声中落下了几片枯叶。天空高旷清碧，昨夜的雨云早已躲得无影无踪了。秋光中的西湖，是那样冷静、幽默，湖上的青山，如同深纽的玉色，桂花的残香，充溢于清晨的气流中。这时我忘记我是一只骆驼，我身上负有人生的重担。我这时是一只紫燕，我翱翔在清隆的天空中，我听见神祇的赞美歌，我觉到灵魂的所在地……这样的，被释放不知多少时候，总之我觉得被释放的那一霎那，我是从灵宫的深处流出最惊喜的泪滴了。

建悄悄地走到我的身后，低声说道："快些洗了脸，去访我们的故居吧！"

多怅惘呵，他惊破了我的幻梦，但同时又被他引起了怀旧的情绪，连忙洗了脸，等不得吃早点便向湖滨路崇仁里的故居走去。到了弄堂门口，看见新建的一间白木的汽车房，这是我们走后唯一的新鲜东西。此外一切都不曾改变，墙上贴着一张招租的帖子，一看是四号吉房招租……"呀！这正是我们的故居，刚好又空起来了，喂，隐！我们再搬回来住吧！"

"事实办不到……除非我们发了一笔财……"我说。

这时我们已到那半开着的门前了，建轻轻推门进去。小小的院落，依然是石缝里长着几根青草，几扇红色的木门半掩着。我们在客厅里站了些时，便又到楼上去看了一遍，这虽然只是最后几间空房，但那里面的气氛，引起我们既往的种种情绪，最使我们觉到怅然的是陈君的死。那时他每星期六多半来找我们玩，有时也打小牌，他总是摸着光头懊恼地说道："又打错了！"这一切影像仍逼真地出现在目前，但是陈君已作了古人。我们在这空洞的房子里，沉默了约有三分钟，才怅然的离去。走到弄堂门的时候，正遇到一个面熟的娘姨——那正是我们邻居刘君的女仆，她很殷勤的要我们到刘家坐坐。我们难却她的盛意，随她进去。刘君才起床，他的夫人替小孩子穿衣服。我们这两个不速之客够使他们惊诧了。谈了一些别后的事情，抽过一支烟后，我们告辞出来。到了旅馆里，吃过鸡丝面，王、朱两位女士已在湖滨叫小划子，我们讲定今天一天玩水，所以和船夫讲定到夜给他一块钱，他居然很高兴的答应了。我们买了一些菱角和瓜子带到划子上去吃。船夫是一个五十多岁的忠厚老头子，他洒然的划着。温和的秋阳照着我——使全身的筋肉都变得松缓，懒洋洋地靠在长方形的藤椅背上。看着划桨所激起的波纹，好像万道银蛇蜿蜒不息。这时船已在三潭印月前面，白云庵那里停住了。我们上了岸，走进那座香烟阒然的古庙，一个老和尚坐在那里向阳。菩萨案前摆了一个签筒，我先抱起来摇了一阵，得了一个上上签，于是朱、王二女士同建也都每人摇出一根来。我们大家拿了签条嘻嘻哈哈笑了一阵，便拜别了那四个怒目咧嘴的大金刚，仍旧坐上船向前泛去。

船身微微的撼动，仿佛睡在儿时的摇篮里，而我们的同伴朱女士，她不住地叫头疼。建像是天真般的同情地道："对了，我也最喜欢头疼，随便到那里去，一吃力就头疼，尤其是昨夜太劳碌了不曾睡好。"

"就是这话了，"朱女士说，"并且，我会晕车！"

"晕车真难过……真的呢！"建故作正经的同情她，我同王女士禁不住大笑，建只低着头，强忍住他的笑容，这使我更要大笑。船泛到湖心亭，我们在那里站了些时，有些感到疲倦了，王女士提议去吃饭。建讲："到了实行我'大吃而特吃'的计划的时候了。"

我说："如要大吃特吃，就到'楼外楼'去吧，那是这西湖上有名的饭馆，去年我们曾在这里遇到宋美龄呢！"

"哦，原来如此，那我们就去吧！"王女士说。

果然名不虚传，门外停了不少辆的汽车，还有几个丘八先生点缀这永不带有战争气氛的湖边。幸喜我们运气好，仅有唯一的一张空桌，我们四个人各霸一方，但是我们为了大家吃得痛快，互不牵掣起见，各人叫各人的菜，同时也各人出各人的钱。结果我同建叫了五只湖蟹，一尾湖鱼，一碗鸭掌汤，一盘虾子冬笋；她们二位女士所叫的菜也和我们大同小异。但其中要推王女士是个吃喝能手，她吃起湖蟹来，起码四五只，而且吃得又快又干净。再衬着她那位最不会吃湖蟹的朋友朱女士，才吃到一个的时候，便叫起头疼来。

"那么你不要吃了，让我包办吧！"王女士笑嘻嘻地说。

"好吗！你就包办……我想吃些辣椒，不然我简直吃不下饭去。"朱女士说。

"对了，我也这样，我们两人真是事事相同，可以说百分之九十九一样，只有一分不一样……"建一本正经地说。

“究竟不同是哪一分呢！”王女士问。

“你真笨伯，这点都不知道，一个是男人，一个是女人呵！”建说。

这时朱女士正捧着一碗饭待吃，听了这话笑得几乎把饭碗摔到地上去。

“简直是一群疯子。”我心里悄悄地想着，但是我很骄傲，我们到现在还有疯的兴趣。于是把我们久已抛置的童年心情，从坟墓里重新复活，这不能说这不是奇迹罢！

黄昏的时候，我们的船荡到艺术学院的门口，我同建去找一个朋友，但是他已到上海去了。我们嗅了一阵桂花的香风后，依然上船。这时凉风阵阵地拂着我们的肌肤，朱女士最怕冷，裹紧大衣仍然不觉得暖，同时东方的天边已变成灰暗的色彩，虽然西方还漾着几道火色的红霞，而落日已堕到山边，只在我们一眨眼的工夫，已经滚下山去了。远山被烟雾整个的掩蔽着，一望苍茫。小划子轻泛着平静的秋波，我们好像驾着云雾，冉冉的已来到湖滨。上岸时，湖滨已是灯火明耀，我们的灵魂跳出模糊的梦境。虽说这马路上依然是可以漫步无碍，但心情却已变了。回到旅馆吃了晚饭后，我们便商量玩山的计划：上山一定要坐山兜，所以叫了轿班的头老，说定游玩的地点和价目。这本是小问题，但是我们却充分讨论了很久：第一因为山兜的价钱太贵，我同朱女士有些犹疑；可是建同王女士坚持要坐，结果是我们失败了，只得让他们得意扬扬地吩咐轿班第二天早晨七点钟来。

今日是十月九日——正是阴历重九后一日，所以登高的人很多。我们上了山兜，出涌金门，先到净慈观去看浮木井——那是济颠和尚的灵迹。但是在我看来不过一口平凡的井而已，所闻木头浮在当中的话，始终是半信半疑。

出了净慈观又往前走，路渐荒芜，虽然满地不少黄色的野花，半红的枫叶，但那透骨的秋风，唱出飒飒瑟瑟的悲调，不禁使我又悲又喜。像我这样劳碌的生命，居然能够抽出空闲的时间来听秋蝉最后的哀调，看枫叶鲜艳的色彩，领略丹桂清绝的残香——灵魂绝对的解放，这真是万千之喜。但是再一深念，国家危难，人生如寄，此景此色只是增加人们的哀痛，又不禁悲从中来了……我尽管思绪如麻，而那抬山兜的兜子，不断地向前进行，渐渐的已来到半山之中。这时我从兜子后面往下一看，但见层崖叠壁，山径崎岖，不敢胡思乱想了。捏着一把汗，好不容易来到山顶，才吁了一口长气，在一座古庙里歇下了。

同时有一队小学生也兴致勃勃的奔上山来，他们每人手里拿了一包水果、一点吃的东西，都在庙堂前面院子里的雕栏上坐着边唱边吃。我们上了楼，坐在回廊上的藤椅上，和尚泡了上好的龙井茶来，又端了一碟瓜子。我们坐在藤椅上，东望西湖，漾着滟滟光波；南望钱塘，孤帆飞逝，激起白沫般的银浪。把四围无限的景色，都收罗眼底。我们正在默然出神的时候，忽听朱女士说道："适才上山我真吓死了，若果摔下去简直骨头都要碎的，等会儿我情愿走下去。"

"对了，我也是害怕，回头我们两人走下去罢，让她们俩坐轿！"建说。

"好的，"朱女士欣然地说。

我知道建又在使捉狭，我不禁望着他好笑。他格外装得活像说道："真的，我越想越可怕，那样陡峭的石级，而且又很滑，万一兜子脚一软那还了得……"建补充的话和他那种强装正经的神气，只惹得我同王女士笑得流泪。一个四十多岁的和尚，他悄然坐在大殿里，看见我们这一群疯子，不知他作何感想，但见他默默无言只光着眼睛望着前面的山景。也许他也正忍俊不禁，所以只好用他那眼观鼻、鼻观心的苦功罢！我们笑了一阵，喝了两遍茶才又乘山兜下山。朱女士果然实行她步行的计划，但是和她表同情的建，却趁朱女士回头看山景的一刹那，悄悄躲在轿子里去了。

"喂！你怎么又坐上去了？"朱女士说。

"呀！我这时忽然想开了，所以就不怕摔……并且我还有一首诗奉劝朱女士不要怕，也坐上去罢！"

"到底是诗人……快些念来我们听听罢！"我打趣他。

"当然，当然，"他说着便高声念道："坐轿上高山，头后脚在先。请君莫要怕，不会成神仙。"

这首诗又使得我们哄然大笑。但是朱女士却因此一劝，她才不怕摔，又坐上山兜了。中午的时候我们在龙井的前面斋堂里吃了一顿素菜。那个和尚说得一口漂亮的北京话，我因问他是不是北方人。他说："是的，才从北方游方驻扎此地。"这和尚似乎还很文雅，他的庙堂里挂了不少名人的字画，同时他还问我在什么地方读书，我对他说家里蹲大学，他似解似不解的诺诺连声的应着，而建的一口茶已喷了一地。这简直是大大煞风景，我连忙给了他三块钱的香火资，跑下楼去。这时日影已经西斜了，不能再流连风景。不过黄昏的山色特别富丽，彩霞如垂幔般的垂在西方的天际，青翠的岗峦笼罩着一层干绡似的烟雾，新月已从东山冉冉上升，远远如弓形的白堤和明净的西湖都笼在沉沉暮霭中。我们的心灵浸醉于自然的美景里，永远不想回到热闹的城市去。但是轿夫们不懂得我们的心事，只顾奔他们的归程。"唷咿"一声山兜停了下来，我们翱翔着的灵魂，重新被摔到满是陷阱的人间。于是疲乏无聊，一切的情感围困了我们。

晚饭后草草收拾了行装，预备第二天回上海。这秋光中的西湖又成了灵魂上的一点印痕，生命的一页残史了。

可怜被解放的灵魂眼看着它垂头丧气的又进了牢囚。

女子装饰的心理

萧红

装饰本来不仅限于女子一方面的，古代氏族的社会，男子的装饰不但极讲究，且更较女子而过。古代一切狩猎氏族，他们的装饰较衣服更为华丽，他们甘愿裸体，但对于装饰不肯忽视。所以装饰之于原始人，正如现在衣服之于我们一样重要。现在我们先讲讲原始人的装饰，然后由此推知女子装饰之由来。

原始人的装饰有两种，一种是固定的为黥创文身，穿耳、穿鼻、穿唇等；一种是活动的，就是连系在身体上暂时应用的，为带缨、钮子之类。他们装饰的颜色主要的是红色，他们身上的涂彩多半以赤色条绘饰，因为血是红的，红色表示热烈，具有高度的兴奋力。就是很多的动物，对于赤色，也和人类一样容易感觉，有强烈的情绪的连系。其次是黄色，也有相当的美感，也为原始人所采用，再是白色和黑色，但较少采用。他们装饰所选用的颜色，颇受他们的皮肤的颜色所影响，如白色和赤色对于黑色的澳洲人颇为采用，他们所采用的颜色是要与他们皮肤的颜色有截然分别的。

至于原始人对于装饰的观念怎样呢？他们究竟为什么要装饰？又为什么要这样装饰呢？这就谈到了他们装饰的心理问题了。

我们大概会惊异于他们这种重视装饰的心理罢，如黥身是他们身体装饰中最痛苦的，用刀或铁箭在身上刺成各种花纹，有的且刺满全身，他们竟于忍受痛苦而为其人的勇敢毅力的表示。而这种忍受，大都是为了装饰美观，极少含有其他作用。少年男女到了相当年龄，便执行着这种苦刑，而以为荣。以为假如身上没能刺刻的花纹，则将来很难找到爱侣。至于活动的装饰，如各种环缨之类的佩戴物，则一方面表示他们勇敢善战，不怯懦，一方面是引起异性的爱悦，因为他们都以勇敢善斗为荣。身上所佩戴的许多珍贵的装饰物，表示他们的富有，是以勇敢夺得或猎取来的。总之，原始人装饰的用意，一方面是引起异性爱悦，一方面是引起他人的敬畏。事实上，各种装饰是兼具此两种意义的，这实在是生存竞争中不可少和有效的工具。由这些情形看来，在原始社会中男子的装饰较女子讲究，也是因为原始社会的人民，没有确定的婚姻制度，无恒久的配偶，而女子在任何情形中都有结婚的机会，男子要得到伴侣，比较困难，故必须用种种手段以满足其欲望。

但在文明社会中，男女关系与此完全相反，男子处处站在优越地位，社会上一切法律权利都握在男子手中，女子全居于被动地位。虽然近年来有男女平等的法律，但在父权制度之下，女子仍然是被动的。因此，男子可以行动自由，女子至少要受相当的约制。这样一来，女子为达到其获得伴侣的欲望，因此也要借种种手段以取悦异性了。这种手段，便是装饰。

装饰主要的用意，大都是一方以取悦于男性，一方足以表示自己的高贵。脸上敷着白粉、红脂、口红、蔻丹等。刚才说过红色是原始人用作装饰的主要颜色，红白相称特别鲜明，不独引人注目，亦以表示其不亲劳动的身份。故牙齿既然是白的，口唇必须涂红。西洋妇女脸上涂桔黄色的粉，这是表示她们的富有，因为夏天海滨避暑为海风吹拂脸颊成黄色。白色最能显示脸部和身体的轮廓，原始人跳舞往往在夜间昏昏的灯光和月色之下，用的色在身体验成条纹，使身体轮廓显明，易为人注目。妇女用红白二色饰脸部，也是利用其颜色鲜明，且色其热烈性，易使人感动。中国少女结婚时多穿红衣红裙，大概不外这个意义。

女子装饰亦随社会习惯而变迁。昔人的观念，以柔弱娇小为美，故女子束腰裹脚之行盛行，有"楚王好细腰，宫中多饿死"的惨事。近来体育发达，国人观念改变，重健康，好运动，女子以体格壮健肤色红黑为美。现在一班新进的女子，大都不饰脂粉，以太阳光下的红黑色肤色的天然风致为美了。黑色太阳镜之盛行，不外表示其常常外出的习惯而已。

究竟怎么一回事

林徽因

>>>

写诗究竟是怎么一回事？

写诗，或可说是要抓紧一种一时闪动的力量，一面跟着潜意识浮沉，摸索自己内心所萦回、所着重的情感——喜悦，哀思，幽怨，恋情，或深，或浅，或缠绵，或热烈，又一方面顺着直觉，认识，辨味，在眼前或记忆里官感所触遇的意象——颜色，形体，声音，动静，或细致，或亲切，或雄伟，或诡异；再一方面又追着理智探讨，剖析，理会这些不同的性质，不同分量，流转不定的情感意象所互相融会，交错策动而发生的感念；然后以语言文字（运用其声音意义）经营，描画，表达这内心意象，情绪，理解在同时间或不同时间里，适应或矛盾的所共起的波澜。

写诗，或又可说是自己情感的、主观的、所体验了解到的；和理智的、客观的、所体察辨别到的，同时达到一个程度，腾沸横溢，不分宾主地互相起了一种作用，由于本能的冲动，凭着一种天赋的兴趣和灵巧，驾驭一串有声音、有图画、有情感的言语，来表现这内心与外物息息相关的联系，及其所发生的悟理或境界。

写诗，或又可以说是若不知其所以然的、灵巧的、诚挚的，在传译给理想的同情者，自己内心所流动的情感穿过繁复的意象时，被理智所窥探而由直觉与意识分着记取的符录！一方面似是惨淡经营——至少是专诚致意，一方面似是借力于平时不经意的准备，"下笔有神"的妙手偶然拈来；忠于情感，又忠于意象，更忠于那一串刹那间内心整体闪动的感悟。

写诗，或又可说是经过若干潜意识的酝酿，突如其来的，在生活中意识到那么凑巧的一顷刻小小时间；凑巧的、灵异的、不能自已的，流动着一片浓挚或深沉的情感，敛聚着亘重繁复演变的情绪，更或凝定入一种单纯超卓的意境，而又本能地迫着你要刻画一种适合的表情。这表情，积极的，像要流泪叹息或歌唱欢呼，舞蹈演述；消极的，又像要幽独静处，沉思自语。换句话说，这两者合一，便是一面要天真奔放，热情地自白去邀同情和了解，同时又要寂寞沉默，孤僻地自守来保持悠然自得的完美和严肃！

在这一个凑巧的一顷刻小小时间中（着重于那凑巧的），你的所有直觉、理智、官感、情感、记性和幻想，独立的及交互的都迸出它们不平常的锐敏、紧张、雄厚、壮阔及深沉。

在它们潜意识的流动——独立的或交互的融会之间——如出偶然而又不可避免地涌上一闪感悟和情趣——或即所谓灵感——或是亲切的对自我得失悲欢；或辽阔的对宇宙自然；或智慧的对历史人性。

这一闪感悟或是混沌朦胧，或是透彻明晰。像光同时能照耀洞察，又能揣摩包含你的所有已经尝味，还在尝味，及幻想尝味的“生”的种种形色质量，且又活跃着其间错综重叠于人于我的意义。

这感悟情趣的闪动——灵感的脚步——来得轻时，好比潺潺清水婉转流畅，自然的洗涤，浸润一切事物情感，倒影映月，梦残歌罢，美感的旋起一种超实际的权衡轻重，可抒成慷慨缠绵千行的长歌，可留下如幽咽微叹般的三两句诗词。愉悦的心声，轻灵的心画，常如啼鸟落花，轻风满月，夹杂着情绪的缤纷；泪痕巧笑，奔放轻盈，若有意若无意地遗留在各种言语文字上。

但这感悟情趣的闪动，若激越澎湃来得强时，可以如一片惊涛飞沙，由大处见到纤微，由细弱的物体看它变动，宇宙人生，幻若苦谜。一切又如经过烈火燃烧锤炼，分散，减化成为净纯的茫焰气质，升处所有情感意象于空幻，神秘，变移无定，或不减不变绝对，永恒的玄哲境域里去，卓越隐奥，与人性情理遥远的好像隔成距离。身受者或激昂通达，或禅寂淡远，将不免挣扎于超情感，超意象，乃至于超言语，以心传心的创造。隐晦迷离，如禅偈玄诗，便不可制止地托生在与那幻想境界几不适宜的文字上，估定其生存权。

写诗……

总而言之，天知道究竟写诗是怎么一回事。在写诗的时候，或者是"我知道，天知道"；到写了之后，最好学Browning不避嫌疑的自讥的，只承认"天知道"，天下关于写诗的笔墨官司便都省了。

我们仅听到写诗人自己说一阵奇异的风吹过，或是一片澄清的月色，一个惊讶，一次心灵的振荡，便开始他写诗的尝试，迷于意境、文字、音乐的搏斗，但是究竟这灵异的风和月，心灵的振荡和惊讶是什么？是不是仍为那可以追踪到内心直觉的活动，到潜意识后面那错综交流的情感与意象；那意识上理智的感念思想；以及要求表现的本能冲动？灵异的风和月所指的当是外界的一种偶然现象，同时却也是指它们是内心活动的一种引火线。诗人说话没有不打比喻的。

我们根本早得承认诗是不能脱离象征比喻而存在的。在诗里情感必依附在意象上，求较具体的表现；意象则必须明晰地或沉着地、恰适地烘托情感，表征含义。

如果这还需要解释，常识的，我们可以问：在一个意识的或直觉的，官感、情感、理智，同时并重的一个时候，要一两句简约的话来代表一堆重叠交错的外象和内心情绪思想所发生的微妙的联系，而同时又不失却原来情感的质素分量，是不是容易或可能的事？

一个比喻或一种象征在字面或事物上可以极简单，而同时可以带着字面事物以外的声音、颜色、形状，引起它们与其他事关系的联想。这个办法可以多方面地来辅助每句话确实的含义，而又加增官感、情感、理智每方面的刺激和满足，道理甚为明显。

无论什么，诗都从不会脱离比喻象征，或比喻象征式的言语。诗中意象多不是寻常纯客观的意象。诗中的云霞星宿、山川草木，常有人性的感情，同时内心人性的感触反又变成外界的体象，虽简明浅现隐奥繁复各有不同的。但是诗虽不能缺乏比喻象征，象征比喻却并不是诗。

诗的泉源，上面已说过，是意识与潜意识地融会交流错综的情感意象和概念所促成；无疑地，诗的表现必是一种形象情感思想合一的语言。

但是这种语言，不能仅是语言，它又须是一种类似动作的表情，这种表情又不能只是表情，而须是一种理解概念的传达。它同时须不断传译情感、描写现象、诠释感悟。它不是形体而须创造形体颜色；它是音声，却最多仅要留着长短节奏。最要紧的是按着疾徐高下，和有限的铿锵音调，依附着一串单独或相连的字义上边；它须给直觉意识、情感理智，以整体的快惬。

因为相信诗是这样繁难的一列多方面条件的满足，我们不能不怀疑到纯净意识的、理智的，或可以说是"技术的"创造——或所谓"工"之绝无能为。

诗之所以发生，就不叫它做灵感的来临，主要的亦在那一闪力量突如其来，或灵异的一刹那的"凑巧"，将所有繁复的"诗的因素"都齐集于一俄顷偶然的时间里。所以诗的创造或完成，主要亦当在那灵异的、凑巧的、偶然的活动一部分属意识，一部分属直觉，更多一部分属潜意识的，所谓"不以文而妙"的"妙"。

理智情感，明晰隐晦都不失之过偏。意象瑰丽迷离，转又朴实平淡，像是纷纷纭纭不知所从来，但飘忽中若有必然的缘素可寻，理解玄奥繁难，也像是纷纷纭纭莫明所以。但错杂里又是斑驳分明，情感穿插联系其中，若有若无，给草木气候，给热情颜色。

一首好诗在一个会心的读者前边有时真会是一个奇迹！但是伤感流丽，铺张的意象，涂饰的情感，用人工连缀起来，疏忽地看去，也未尝不像是诗。故作玄奥渊博，颠倒意象，堆砌起重重理喻的诗，也可以赫然惊人一下。

　　写诗究竟是怎么一回事，真是唯有天知道得最清楚！读者与作者，读者与读者，作者与作者关于诗的意见，历史告诉我传统的是要永远地差别分歧，争争吵吵到无尽时。因为老实地说，谁也仍然不知道写诗是怎么一回事的，除却这篇文字所表示的，勉强以抽象的许多名词、具体的一些比喻来捉摸描写那一种特殊的直觉活动，献出一个极不能令人满意的答案。

随着日子往前走

陆小曼

\>\>\>

实在不是我不写，更不是我不爱写：我心里实在是想写得不得了。自从你提起了写东西，我两年来死灰色的心灵里又好像闪出了一点儿光芒，手也不觉有点儿发痒，所以前天很坚决的答应了你两天内一定挤出一点东西。谁知道昨天勇气十足地趴上写字台，摆出了十二分的架子，好像一口气就可以写完我心里要写的一切。说也可笑，才起了一个头就有点儿不自在了：眼睛看在白纸上好像每个字都在那儿跳跃。我还以为是病后力弱眼花。不管它，还是往下写！再过一忽儿，就大不成样了：头晕，手抖，足软，心跳，一切的毛病像潮水似的都涌上来了，不要说再往下写，就是再坐一分钟都办不到。在这个时候，我只得掷笔而起，立刻爬上了床，先闭了眼静养半刻再说。

虽然眼睛是闭了，可是我的思潮像水波一般的在内心起伏，也不知道是怨，是恨，是痛，我只觉得一阵阵的酸味往我脑门里冲。

我真的变成了一个废物么？我真就从此完了么？本来这三年来病鬼缠得我求死不能，求生无味，我只能一切都不想，一切都不管，脑子里永远让它空洞洞的不存一点东西，不要说是思想一点都没有，连过的日子都不知道是几月几日，每天只是随着日子往前走，饿了就吃，睡够了就爬起来。灵魂本来是早就麻木的了，这三年来是更成死灰了。可是希望恢复康健是我每天在那儿祷颂着的。所以我什么都不做，连画都不敢动笔。一直到今年的春天，我才觉得有一点儿生气，一切都比以前好得多。在这个时候正碰到你来要我写点东西，我便很高兴的答应了你。谁知道一句话才出口不到半月，就又变了腔，说不出的小毛病又时常出现。真恨人，小毛病还不算，又来了一次大毛病，一直到今天病得我只剩下了一层皮一把骨头。我身心所受的痛苦不用说，而屡次失信于你的杂志却更使我说不出的不安。所以我今天睡在床上也只好勉力的给你写这几个字。人生最难堪的是心里要做而力量做不到的事情，尤其是我平时的脾气最不喜欢失信。我觉得答应了人家而不做是最难受的。

不过我想现在病是走了，就只人太瘦弱，所以一切没有精力。可是我想再休养一些时候一定可以复原了。到那时，我一定好好的为你写一点东西。虽然我写的不成文章，也不能算诗（前晚我还作了一首呢），可是它至少可以一泄我这几年来心里的苦闷。现在虽然是精力不让我写，一半也由于我懒得动，因为一提笔，至少也要使我脑子里多加一层痛苦：手写就得脑子动，脑子一动一切的思潮就会起来，于是心灵上就有了知觉。我想还不如我现在似的老是食而不知其味的过日子好，你说是不是？

虽然躺着，还有点儿不得劲儿。好，等下次再写。

房　东①

庐隐

>>>

　　我们坐着山兜，停在一座山坡上，那里有一所三楼三底的中国式洋房。这种幽丽的地方，我们城市里熏惯了煤烟气的人住着，真是有些自惭形秽，虽然我们的外表强于他们乡下人，但是他们乡下人至少要比我们离大自然近得多，他们的心要比我们干净得多。就是我那老房东，虽然她的样子特别的朴质，然而她却比我们这些好像知道什么似的人，更知道些自然的趣味。

---

　　①　本文所选内容略有删改。

她已经五十八岁了，她的老伴比她小一岁，可是他俩所做的工作，真不像年纪这么大的人做的。他们的儿媳妇一天到晚不在家，早上五点钟就到田地里去做工，到黄昏的时候，她有时肩上挑着几十斤重的柴就来家了。在他们家里，从不预备什么钟，他们每一个人的手上也永没有带什么手表，然而他们看见日头正照在头顶上便知道午时到了，除非是阴雨的天气，他们有时见了我们，或者要问一声：师姑，现在十二点了罢！据他们的习惯，对于做工时间的长短也总有个准儿。

住在城市里的人每天都能在五点钟左右起来，恐怕是绝无仅有，然而在这岭里的人，确没有一个人能睡到八点钟起来。说也奇怪，我也喜欢上了早起，朝旭未出将出的天容和阳光未普照的山景，实在别有一种情趣。

我们的女房东，天天闲了就和我们说闲话儿。他们家有上百亩的田，据说好年成一年仅粮食就有几百块钱的裕余。另外还有一块大菜园，还有白薯地五六亩，猪、牛、羊、鸡和鸭子，一样不缺。并且那一所房除了自己住，夏天租给来这里避暑的人，也可租上一百余元。老母鸡一天一个蛋，老母牛一天四五瓶牛奶，倒是纯粹的好汁子，一点儿不搀水的，我们天天向她买一瓶。他们吃用全都是自己家里出的，每年只有进款加进款，却不曾消耗一文半个，可说是"外干中强"。我们却是"外强中干"，只要学校里两月不发薪水，简直就要上当铺。

有一天夜里，月色布满了整个的山，青葱的树和山，更衬上这淡淡银光，使我恍疑置身碧玉世界，我们的房东约我们到房后的山坡上去玩，她告诉我们从那里可以看见福州。我们越过了许多壁立的巉岩，一带的松树被风吹得松涛澎湃。东望星火点点，水光泻玉，那便是福州了。那福州的城子，非常狭小，民屋垒集，烟迷雾漫，与我们所处的海中的山巅，真有些炎凉异趣。

日子飞快地悄悄地跑了，眼看着就要离开这地方了，又要到那充满尘气的福州城市去了。那一天早起，老房东用大碗满满盛了一碗糟菜，送到我的房间，笑容可掬地说："师姑！你也尝尝我们乡下的东西，这是我自己亲手做的，这几天才全晒干了，师姑你带到城里去，管比市上卖的味道要好，随便炒吃炖肉吃，都极下饭的。"我接着说道："怎好生受，又让你花钱。"那老房东忙笑道："师姑！真不要这么说，我们乡下人有的是这种菜根子，哪像你们城市的人样样都需花钱去买呢！"我不觉叹道："你们满地的粮食，满院的鸡鸭和满圈子的牛、羊、猪，是要什么有什么……这怎不叫人佩服！再说你们一年到头，各人做各人爱做的事，舒舒齐齐地过着日子，地方的风景又好，空气又清，为什么人不羡慕？！……"

那老房东听了这话，点头笑道："可是的呢！我们在乡下宽敞清静惯了倒不觉得什么……去年福州来了一班耍马戏的，我儿子叫我去见识见识，我一清早起来带着我大孙子下了岭，八点钟就到福州，我儿子说离马戏开演的时间还早咧，我们就先到城里各大街去逛，那人真多，房子也密密层层，弄得我手忙脚乱……师姑！你就多住些日子下去吧！……"

我笑道："我自然是愿意多住几天，只是我们学校快开学了，我为了职务的关系，不能不早下去……"

我们的房东听了这话，只点了一点头道："那么师姑明年放暑假早些来，再住在我们这里，大家混得怪熟的，热刺剌地说走，真有点怪舍不得的呢！"

可是过了两天，我依然只得热剌剌地走了，不过老女房东的印象却深刻在我的心幕上；还有她的家庭，她的小鸡和才生下来的小猪儿……

愿时光

能缓

古语有云：春听鸟声，夏听蝉声，秋听虫声，冬听雪声，白昼听棋声，月下听箫声，山中听松风声，水际听欸乃声，方不虚此生耳。

彼　　此

林徽因

>>>

　　朋友又见面了，点点头笑笑，彼此晓得这一年不比往年，彼此是同增了许多经验。个别地说，这时间中每一人的经历虽都有特殊的形相，含着特殊的滋味，需要个别的情绪来分析来描述。

　　综合地说，这许多经验却是一整片仿佛同式同色，同大小，同分量的迷惘。你触着那一角，我碰上这一头，归根还是那一片迷惘笼罩着彼此。

七月！——这两字就如同史歌的开头那么有劲——八月，九月带来了那狂风。后来，后来过了年——那无法忘记的除夕！——又是那一月，二月，三月，到了七月，再接再厉的又到了年夜。现在又是一月二月在开始……谁记得最清楚，这串日子是怎样地延续下来，生活如何地变？

　　想来彼此都不会记得过分清晰，一切都似乎在迷离中旋转，但谁又会忘掉那么切肤的重重忧患的网膜？

　　经过炮火或流浪的洗礼，变换又变换的日月，难道彼此脸上没有一点记载这经验的痕迹？但是当整一片国土纵横着创痕，大家都是"离散而相失……去故乡而就远"，自然"心婵媛而伤怀兮，眇不知其所蹠"，脸上所刻那几道并不使彼此惊讶，所以还只是笑笑好。

　　口角边常添几道酸甜的纹路，可以帮助彼此咀嚼生活。何不默认这一点：在迷惘中人最应该有笑，这种的笑，虽然是敛住神经，敛住肌肉，仅是毅力的后背，它却是必需的，如同保护色对于许多生物，是必需的一样。

　　那一晚在某江心，某一来船的甲板上，热臭的人丛中，他记起他那时的困顿饥渴和狼狈，旋绕他头上的却是那真实到如同幻象，幻象又成了真实的狂敌杀人的工具，敏捷而近代型的飞机：美丽得像鱼像鸟……这里黯然的一撇笑是必需的，因为同样的另外一个人懂得那原始的骤然唤起纯筋肉反射作用的恐怖。

他也正在想那时他在某车站台上露宿，天上有月，左右有人，零落如同被风雨摧落后的落叶，瑟索地蜷伏着，他们心里都在回味那一天他们所初次尝到的敌机的轰炸！谈话就可以这样无限制的延长，因为现在都这样的记忆——比这样更辛辣苦楚的——在各人心里真是太多了！随便提起一个地名大家所熟悉的都会或商埠，随着全会涌起怎样的一个最后印象！

再说初入一个陌生城市的一天——这经验现在又多普遍——尤其是在夜间，这里就把个别的情形和感触除外，在大家心底曾留下的还不是一剂彼此都熟识的清凉散？苦里带涩，那滋味侵入脾胃时，小小的冷噤会轻轻在背脊上爬过，用不着丝毫锐性的感伤！

也许他可以说他在那夜进入某某城内时，看到一列小店门前凄惶的灯，黄黄的发出奇异的晕光，使他嗓子里如鲠着刺，感到一种发紧的触觉。你所记得的却是某一号车站后面黯白的煤汽灯射到陌生的街心里，使你心里好像失落了什么。

那陌生的城市，在地图上指出时，你所经过的同他所经过的也可以有极大的距离，你同他当时的情形也可以完全的不相同。但是在这里，个别的异同似乎非常之不相干；相干的仅是你我会彼此点头，彼此会意，于是也会彼此地笑笑。

七月在卢沟桥与敌人开火以后，纵横中国土地上的脚印密密地衔接起来，更加增了中国地域广漠的证据。每个人参加过这广漠地面上流转的大韵律的，对于尘土和血，两件在寻常不多为人所理会的，极寻常的天然质素，现在每人在他个别的角上，对它们都发生了莫大亲切的认识。每一寸土，每一滴血，这种话，已是可接触，可把持的十分真实的事物，不仅是一句话一个"概念"而已。

在前线的前线，兴奋和疲劳已掺拌着尘土和血另成一种生活的形体魂魄。睡与醒中间，饥与食中间，生和死中间，距离短得几乎不存在！生活只是一股力，死亡一片沉默的恨，事情简单得无可再简单。尚在生存着的，继续着是力，死去的也继续着堆积成更大的恨。恨又生力，力又变恨，惘惘地却勇敢地循环着，其他一切则全是悬在这两者中间悲壮热烈地穿插。

在后方，事情却没有如此简单，生活仍然缓弛地伸缩着；食宿生死间距离恰像黄昏长影，长长的，尽向前引伸，像要扑入夜色，同夜融成一片模糊。在日夜宽泛的循回里于是穿插反更多了，真是天地无穷，人生长勤。生之穿插零乱而琐屑，完全无特殊的色泽或轮廓，更不必说英雄气息壮烈成分。斑斑点点仅像小血锈凝在生活上，在你最不经意中烙印生活。

如果你有志不让生活在小处窳败，逐渐减损，由锐而钝，由张而弛，你就得更感谢那许多极平常而琐碎的摩擦，无日无夜地透过你的神经，肌肉或意识。

这种时候，叹息是悬起了，因一切虽然细小，却绝非从前所熟识的感伤。每件经验都有它粗壮的真实，没有叹息的余地。

口边那酸甜的纹路是实际哀乐所刻画而成，是一种坚忍韧性的笑。因为生活既不是简单的火焰时，它本身是很沉重，需要韧性地支持，需要产生这韧性支持的力量。

现在后方的问题，是这种力量的源泉在哪里？绝不凭着平日均衡的理智——那是不够的，天知道！尤其是在这时候，情感就在皮肤底下"踊跃其若汤"，似乎它所需要的是超理智的冲动！

现在后方被缓的生活，紧的情感，两面摩擦得愁郁无快，居戚戚而不可解，每个人都可以苦恼而又热情地唱"终长夜之曼曼兮，掩此哀而不去"，或"宁溘死而流亡兮，不忍为此之常愁"！支持这日子的主力在哪里呢？你我生死，就不检讨它的意义以自大，也还需要一点结实的凭借才好。

我认得有个人，很寻常地过着国难日子的寻常人，写信给他朋友说，他的嗓子虽然总是那么干哑，他却要哑着嗓子私下告诉他的朋友：他感到无论如何在这时候，他为这可爱的老国家带着血活着，或流着血或不流着血死去，他都觉到荣耀，异于寻常的，他现在对于生与死都必然感到满足。

这话或许可以在许多心弦上叩起回响，我常思索这简单朴实的情感是从哪里来的。信念？像一道泉流透过意识，我开始明了理智同热血的冲动以外，还有个纯真的力量的出处。信心产生力量，又可储蓄力量。

信仰坐在我们中间多少时候了，你我可曾觉察到？信仰所给予我们的力量不也正是那坚忍韧性的倔强？我们都相信，我们只要都为它忠贞地活着或死去，我们的大国家自会永远地向前迈进，由一个时代到又一个时代。

我们在这生是如此艰难，死是这样容易的时候，彼此仍会微笑点头的缘故也就在这里吧？现在生活既这样的彼此患难同味，这信心自是，我们此时最主要的联系，不信你问他为什么仍这样硬朗地活着，他的回答自然也是你的回答，如果他也问你。

　　信仰坐在我们中间多少时候了？那理智热情都不能代替的信心！

　　思索时许多事，在思流的过程中，总是那么晦涩，明了时自己都好笑所想到的是那么简单明显的事实！

　　此时我拭下额汗，差不多可以意识到自己口边的纹路，我尊重着那酸甜的笑，因为我明白起来，它是力量。

　　话不用再说了，现在一切都是这么彼此，这么共同，个别的情绪这么不相干。当前的艰苦不是个别的，而是普遍的，充满整一个民族，整一个时代！我们今天所叫作生活的，过后它便是历史。客观的无疑我们彼此所熟识的艰苦正在展开一个大时代，所以别忽略了我们现在彼此地点点头，且最好让我们共同酸甜的笑纹，有力地、坚韧地，横过历史。

致梁思成（二）

林徽因

>>>

思成：

今天是十六日，此刻黄昏六时，电灯没有来，房很黑又不能看书做事，勉强写这封信已快看不见了。十二日发一信后仍然忙于碑的事。

今天小吴、老莫都到城中开会去，我只能等听他们的传达报告了。讨论内容为何，几方面情绪如何，决议了什么具体办法，现在也无法知道。昨天是星期天，老金不到十点钟就来了，刚进门再冰也回来，接着小弟来了，此外无他人，谈得正好，却又从无线电中传到捷克总统逝世的消息。这种消息来在那沉痛的斯大林同志的殡仪之后，令人发愣发呆，不能相信不幸的事可以这样地连着发生。大家心境又黯然了……

中饭后，老金小弟都走了。再冰留到下午六时，她又不在三月结婚了，想改到国庆，理由是于中干说他希望在广州举行。那边他们两人的熟人多，条件好，再冰可以玩一趟。这次他来，时间不够也没有充分心理准备，六月又太热。我是什么都赞成。反正孩子高兴就好。

我的身体方面吃得那么好，睡得也不错，而不见胖，还是爱气促和闹清痰打"呼噜出泡声"，血脉不好好循环冷热不正常等等，所以疗养还要彻底，病状比从前深点，新陈代谢作用太坏，恢复的现象极不显著，也实在慢。今天我本应该打电话问校医室血沉率和痰化验结果的，今晚便可以报告，但因害怕结果不完满因而不爱去问！

学习方面，可以报告的除了报上主要政治文章和理论文章外，我连着看了四本书，都是小说式传记，都是英雄的真人真事……

还要和你谈什么呢？又已经到了晚饭时候，该吃饭了，

只好停下来。（下午一人甚闷时，关肇业来坐一会儿，很好。太闷着看书觉到晕昏。）（十六日晚写）

（十七日续：）我最不放心的是你的健康问题，我想你的工作一定很重，你又容易疲倦，一边又吃Rimifon①，不知是否更易累和困，我的心里总惦着，我希望你停Rimifon吧，已经满两个半月了。苏联冷，千万注意呼吸器官的病。

昨晚老莫回来报告，大约把大台改低是人人同意，至于具体草图什么时候可以画出并决定，是真真伤脑筋的事，尤其是碑顶仍然意见分歧。

徽因匆匆写完

三月十七午

---

① 译为雷米封，一种防止结核病的药。

致沈从文（二）

林徽因

>>>

二哥：

　　世间事有你想不到的那么古怪，你的信来的时候正碰到
我双手托着头在自恨自伤的一片苦楚的情绪中熬着。在廿四
个钟头中，我前前后后，理智的、客观的，把许多纠纷痛苦
和挣扎或希望或颓废的细目通通看过好几遍，一方面展开事
实观察，一方面分析自己的性格情绪历史，别人的性格情绪
历史，两人或两人以上互相的生活，情绪和历史，我只感到
一种悲哀、失望，对自己对生活全都失望无兴趣。我觉到像
我这样的人应该死去，减少自己及别人的痛苦！这或是暂时

的一种情绪，一会儿希望会好。

在这样的消极悲伤的情景下，接到你的信，理智上，我固然同情你所告诉我你的苦痛（情绪的紧张），在情感上我却很羡慕你那么积极那么热烈，那么丰富的情绪，至少此刻同我的比，我的显然萧条颓废消极无用。你的是在情感的尖锐上奔进！

可是此刻我们有个共同的烦恼，那便是可惜时间和精力，由于情绪的盘旋而耗费去。

你希望抓住理性的自己，或许找个聪明的人帮忙你整理一下你的苦恼或是"横溢的情感"，设法把它安排妥帖一点，你竟找到我来，我懂得的，我也常常被同种的纠纷弄得左不是右不是，生活掀在波澜里，盲目地同危险周旋，累得我既为旁人焦灼，又为自己操心，又同情于自己又很不愿意宽恕放任自己。

不过我同你有大不同处：就是在横溢奔放的情感中时，我便觉到捉住一种生活的意义，即使这横溢奔放的情感所发生的行为上纠纷是快乐与苦辣对渗的性质，我也不难过不在乎。我认定了生活本身原质是矛盾的，我只要生活；体验到极端的愉快，灵质的、透明的、美丽的近于神话理想的快活，以下我情愿也随着赔偿这天赐的幸福，埋在悲痛、纠纷、失望、无望、寂寞中挨过若干时候，好像等自己的血来在创伤上结痂一样！一切我都在无声中忍受，默默地等天来布置我，没有一句话说！（我且说说来给你做个参考）

我所谓极端的、浪漫的或实际的都无关系，反正我的主义是要生活，没有情感的生活简直是死！生活必须体验丰富的情感，把自己变成丰富、宽大、能优容、能了解，能同情种种"人性"，能懂得自己，不苛责自己，也不苛责旁人，不难自己以所不能，也不难别人所不能，更不怨运命或是上帝，看清了世界本是各种人性混合做成的纠纷，人性又就是那么一回事，脱不掉生理、心理、环境习惯、先天特质的凑合！把道德放大了讲，别裁判或裁削自己。任性到损害旁人时假如你不忍，你就根本办不到任性的事（假如你办得到，那你那种残忍，便是你自己性格里的一点特性，也用不着过分的去纠正）。想做的事太多，并且互相冲突时，拣最想做——想做到顾不得旁的牺牲——的事做，未做时心中发生纠纷是免不了的，做后最用不着后悔，因为你既会去做，那桩事便一定是不可免的，别尽着罪过自己。

　　我方才所说到极端愉快，灵质的、透明的、美丽的快乐，不知道你有否同一样感觉。我的确有过，我不忘却我的幸福。我以为最愉快的事都是一闪亮的，在一段较短的时间内迸出神奇的——如同两个人透彻的了解：一句话打到你心里，使得你理智和感情全觉到一万万分满足；如同相爱，在一个时候里，你同你自身以外另一个人互相以彼此存在为极端的幸福；如同恋爱，在那时那刻眼所见，耳所听，心所触无所不是美丽，情感如诗歌自然的流动，如花香那样不知其所以。这些种种便都是一生中不可多得的瑰宝。世界上没有多少人有那机会，且没有多少人有那种天赋的敏感和柔情来尝味那经验，所以就有那种机会也无用。假如有如诗剧神话般的实景，当时当事者本身却没有领会诗的情感又如何行？即使有了，只是浅俗的赏月折花的限量，那又有什么话说？！转过来说，对悲哀的敏感容易也是生活中可贵处。当时当事，你也许得流出血泪，过去后那些在你经验中也是不可鄙视的创痂（此刻说说话，我倒暂时忘记了我昨天到今晚已整整哭了廿四小时，中间仅仅睡着三四个钟头，方才在过分的失望中颓废着觉到浪费去时间精力，很使自己感叹），在夫妇中间为着相爱纠纷自然痛苦，不过那种痛苦也是夹着极端丰富的幸福在内的。冷漠不关心的夫妇结合才是真正的悲剧！

假如在"横溢情感"和"僵死麻木的无情感"中叫我来拣一个，我毫无问题要拣上面的一个，不管是为我自己或是为别人。人活着的意义基本的是在能体验情感。能体验情感还得有智慧有思想来分别了解那情感——自己的或别人的！假如再能表现你自己所体验所了解的种种在文字上——不管那算是宗教或哲学，诗，或是小说，或是社会学论文——（谁管那些）——使得别人也更得点人生意义，那或许就是所有的意义了。不管人文明到什么程度，天文地理科学的通到哪里去，这点人性还是一样的主要，一样的是人生的关键。

在一些微笑或皱眉印象上称较分量，在无边际人事上驰骋细想正是一种生活。

算了吧！二哥，别太虐待自己，有空来我这里，咱们再费点时间讨论讨论它，你还可以告诉我一点实在情形。我在廿四小时中只在想自己如何消极到如此田地苦到如此如此，

214

而使我苦得想去死的那个人自己在去上海的火车中也苦得要命，已经给我来了两封电报一封信，这不是"人性"的悲剧么？那个人便是说他最不喜管人性的梁二哥！

徽因

你一定得同老金（金岳霖）谈谈，他真是能了解同时又极客观极同情极懂得人性，虽然他自己并不一定会提起他的历史。

爱眉小札序二

陆小曼

>>>

今天是志摩四十岁的纪念日子，虽然什么朋友亲戚都不见一个，但是我们两个人合写的日记却已送了最后的校样来了。为了纪念这部日记的出版，我想趁今天写一篇序文。因为把我们两个人呕血写成的日记在这个日子出版，也许是比一切世俗的仪式要有价值有意义得多。

提起这二部日记，就不由得想起当时摩对我说的几句话，他叫我"不要轻看了这两本小小的书，其中哪一字哪一句不是从我们热血里流出来的？将来我们年纪老了，可以把它放在一起发表，你不要怕羞，这种爱的吐露是人生不易轻得的！"为了尊重他生前的意见，终于在他去世后五年的今天，大胆将它印在白纸上了，要不是他生前说过这种话，为了要消灭我自己的痛苦，我也许会永远不让它出版的。其实关于这本日记也有些天意在里边。说也奇怪，这两本日记本来是随时随刻他都带在身旁的，每次出门，都是先把它们放在小提包里带了走，唯有这一次他匆促间把它忘掉了。看起来不该消灭的东西是永远不会消灭的，冥冥中也自有人在支配着。

关于我和他认识的经过，我觉得有在这里简单述说的必要，因为一则可以帮助读者在这二部日记和十数封通信之中，获得一些故事上的连贯性，二则也可以解除外界对我们俩结合之前和结合之后的种种误会。

在我们初次见面的时候（说来也十年多了），我是早已奉了父母之命媒妁之言同别人结婚了，虽然当时也痴长了十几岁的年龄，可是性灵的迷糊竟和稚童一般。婚后一年多才稍懂人事，明白两性的结合不是可以随便听凭别人安排的，在性情与思想上不能相谋而勉强结合是人世间最痛苦的一件事。当时因为家庭间不能得着安慰，我就改变了常态，埋没了自己的意志，葬身在热闹生活中去忘记我内心的痛苦。又因为我娇慢的天性不允许我吐露真情，于是直着脖子在人面前唱戏似的唱着，绝对不肯让一个人知道我是一个失意者，是一个不快乐的人。这样的生活一直到无意间认识了志摩，叫他那双放射神辉的眼睛照彻了我内心的肺腑，认明了我的隐痛，更用真挚的感情劝我不要再在骗人欺己中偷活，不要自己毁灭前程，他那种倾心相向的真情，才使我的生活转换了方向，而同时也就跌入了恋爱了。于是烦恼与痛苦，也跟着一起来。

为了家庭和社会都不谅解我和志摩的爱，经过几度的商酌，便决定让摩离开我到欧洲去做一个短时间的旅行；希望在这分离的期间，能从此忘却我——把这一段因缘暂时的告一个段落。这一种办法，当然是不得已的，所以我们虽然大家分别时讲好不通音信，终于我们都没有实行（他到欧洲去后寄来的信，一部分收在这部书里），他临去时又要求我写一本当信写的日记，让他回国后看看我生活和思想的经过情形，我送了他上车后回到家里，我就遵命地开始写作了。这几个月里的离情是痛在心头，恨在脑底的。究竟血肉之体敌不过日夜的摧残，所以不久我就病倒了。在我的日记的最后几天里，我是自认失败了，预备跟着命运去漂流，随着别人去支配。可是一到他回来，他伟大的人格又把我逃避的计划全部打破。

于是我们发现"幸福还不是不可能的"。可是那时的环境，还不容许我们随便的谈话，所以摩就开始写他的"爱眉小札"，每天写好了就当信般的拿给我看，但是没有几天，为了母亲的关系，我又不得不到南方来了。在上海的几天我也碰到过摩几次，可惜连一次畅谈的机会都没有。这时期摩的苦闷是在意料之中的，读者看到"爱眉小札"的末几页，也要和他同感罢？

我在上海住了不久，我的计划居然在一个很好的机会中完全实现，我离了婚就到北京来寻摩，但是一时竟找不到他。直到有一天在晨报副刊上看到他发表的《迎上前去》的文章，我才知道他做事的地方。而这篇文章中的忧郁悲愤，更使我看了迫不及待地去找他，要告诉他我恢复自由的好消息。那时他才明白了我，我也明白了他，我们不禁相视而笑了。

以后日子中我们的快乐就别提了，我们从此走入了天国，踏进了乐园。一年后在北京结婚，一同回到家乡，度了几个月神仙般的生活。过了不久因为兵灾搬到上海来，在上海受了几月的煎熬我就染上一身病。后来的几年中就无日不同药炉作伴，连摩也得不着半点的安慰，至今想来我是最对他不起的。好容易经过各种的医治，我才有了复原的希望，正预备全家再搬回北平重新造起一座乐园时，他就不幸出了意外的遭劫，乘着清风飞到云雾里去了。这一下完了他——也完了我。

写到这儿，我不觉要向上天质问为什么我这一生是应该受这样的处罚的？是我犯了罪么？何以老天只薄我一个人呢？我们既然在那样困苦中争斗了出来，又为什么半途里转入了这样悲惨的结果呢？生离死别，幸喜我都尝着了。在日记中我尝过了生离的况味，那时我就疑惑死别不知更苦不？好！现在算是完备了。甜，酸，苦，辣，我都尝全了，也可算不枉这一世了。到如今我还有什么可留恋的呢？不死还等什么？这话是现在常在我心头转的。不过有时我偏不信，我不信一死就能解除一切，我倒要等着再看老天还有什么更惨的事来加罚在我的身上！

完了，完了，一切都完了，现在还说什么？还想什么？

要是事情转了方面，我变了他，他变了我，那时也许读者能多读得些好的文章，多看到几首美丽的诗，我相信他的笔一定能写得比他心里所受的更沉痛些。只可惜现在偏留下了我，虽然手里一样拿着一支笔，它却再也写不出我回肠里是怎样的惨痛，心坎里是怎样的碎裂。空拿着它落泪，也挤不出半分的话来。只觉得心里隐隐的生痛，手里阵阵的发颤。反正我现在所受的，只有我自己知道就是了。

最后几句话我要说的，就是要请读者原谅我那一本不成器的日记，实在是难以同摩放在一起出版的（因为我写的时候是绝对不预备出版的）。可是因为遵守他的遗志起见，也不能再顾到我的出丑了。好在人人都知道我是不会写文章的，所留下的那几个字，也无非是我一时的感想而已，想着什么就写什么，大半都是事实，就这一点也许还可以换得一点原谅，不然我简直要羞死了。

给我的小鸟儿们

庐隐

>>>

一

整整两年了，我不看见你们。

世路太崎岖，然而我相信你们仍是飞翔空中的自由鸟。在我感到生活过分的严重时，我就想躲在你们美丽的羽翼下，求些许时的安息。

唉！亲爱的小鸟儿们——你们最欢喜我这样的称呼，不是吗？当我将要离开你们时，我曾经过虑地猜疑你们，我说："孩子们，我要多看你们几次，使我的脑膜上深印着你们纯洁的印象，一直到我没有知觉的那一天……"

"先生！你不是说两年后就回来吗？"阿堃诚挚地望着我的脸说。

"不错，我是这样计划着，不过我怕两年后你们已不像现在的对我热烈了。我怕失掉这人间的至宝，所以现在我要深深地藏起来。"

"哦！不会的，先生！我们永远是一只柔驯的小鸟儿，时常围绕着您！"

多可爱，你们那清脆的声音，无邪的眼睛，现在虽然离开了你们整两年，为了特别的原因，我不能回到你们那里，而关于你们的一切，我不时都能想起。

每逢在下课后，你们牵成一个大圈子，把我围在核心，你们跳舞、唱歌，有时我急着要走，你们便抢掉我手里的书包，夺走我披着的大衣。阿堃最顽皮，跑出圈子，悄悄走到整容镜前，穿上我的大衣，拿着书包，学着我走路的姿势，一本正经地走过同学们面前，以致惹得他们大笑，而阿堃的脸上却绷得没有一丝笑纹，这时你们有的笑得俯下身体叫肚子疼，我却高声地喊："小鸟儿们不要吵！"

"是的大姐姐，我们不再吵了，可是大姐姐得告诉我们《夜莺诗人》的故事！"阿堃娇憨地央求着。而你们也附和着："大姐姐讲，大姐姐讲"乱哄地嚷成一片。呵！多可爱的小鸟儿们呀！两年来我不曾听见你们清脆的歌声了，在江南我虽也教着那一群天真的女孩，但是她们太娇婉，太懂事故，使我不能从她们的身上，找出你们的坦白、直爽、无愁无虑，因此我时常热切地怀念你们。

你们所刻在我心幕上的印象太深了，在丰润苹果般的脸上，不只充溢了坦白的顽皮，有时诚挚感动的光波，是盎然于你们的眼里，每当我不响地向你们每个可爱的面孔上看时，你们是那样乖，那样知趣地等待着，自然你们早已摸到我的脾气，每逢这种时候，我总有些严重的话，要敲进你们的心门，唉！亲爱的小鸟儿们，现在想来我真觉得罪过，我自己太脆弱易感，可是我有了什么忧愁和感慨，我不愿在那些老成持重的人们面前申诉，而我只喜欢把赤裸的心弦在你们面前弹。说起来我太自私，因为我得把定这凄音能激起你们深切的共鸣，而我忘记这是使你们受苦的。

那一天我给你们讲国语，正讲到一个《爱国童子》的故事，那时你们已经够兴奋了，而我还要更使你们兴奋到流泪，我把国内政治的黑暗，揭示给你们听；把险诈的人心在你们面前解剖，立刻我看见你们脸上的笑容淡了，舒展的眉峰慢慢攒聚起来了，你们在地板上擦鞋底的毛病，也陡然改了，课堂里那样静悄悄，我呢，庄严地坐在讲坛上，残忍地把你们的灵魂宰割，好像一个屠夫宰割一群小羊般。因此每次在我把你们搅扰后，我不知不觉要红脸，要咽泪。唉！亲爱的孩子们，我虽然对你们如是的不仁，而你们还是那样热烈的信任我、爱戴我，有时候你们遇到困难的问题，不去告诉你们亲切的父母，而反来和我商量，当这种时候，竟使我又欢喜又惭愧。在这个到处弥漫了欺诈的世界上，而你们偏是这样天真、无邪，这怎能叫我不欢喜呢？但是自己仔细一想，像我这样寒伧的灵魂，又有什么修养，究能帮助你们多少？恐怕要辜负了你们的热望，这种罪恶，比我在一切人群中，所犯的任何罪恶都来得不容轻赦。唉！亲爱的小鸟儿们呀！你们诚意的想从人间学到一切，而你们实是这世界上最高明的先生，你们有世人久已遗失的灵魂，你们有世人所绝无的纯真。你们的器量胸襟，是与万物神灵相融合的。一个乞丐，被人人所鄙视，而你们看他与天上的神祇没有分别；便是一只麻雀也能得你们热烈友情的爱护。你们是伟大的，我一生不崇拜英雄，我只崇拜你们。

但是残忍的时光，转变的流年，它们无时无刻不在剥蚀你们，层出不穷的人事，将如毒蛇般毁灭你们的灵魂。在你们含着甜净的笑靥上，刻了轻微的愁苦之纹，渐渐地你们便失去了纯真，被快乐的神祇所摒弃。唉！亲爱的小鸟儿们！你们应当怎样抓住你们的青春！你们不愿意永远保持孩子的心吗？但是你们无法禁止太阳的轮子，继续不断地转，也不能留住你们的青春！只有一件事是你们可以办得到的，你们永远不要做一件使良心痛苦的事，努力亲近大自然，选择你们的朋友，于春风带来的鸟声中，于秋雨洒遍的田野间。一切的小生物都比久经世故的人类聪明、纯洁。这样你们才能永远保持孩子纯真的心，永远做只自由翔空的鸟儿，并且可用你们大公无私的纯情来拯救沉沦的人类。

亲爱的小鸟儿们，愿秋风带来你们清醇的歌声，更盼雁阵从这里过时，给我留下些你们的消息。

我心弦的繁音，将慢慢地向你们弹；我将告诉你们在这分别的两年中，我所经历的一切。我更想把江南温柔女儿的心音，弹给你们听。

再谈了，我亲爱的小鸟儿们！愿今夜你们的美羽，飞入我的梦魂！

二

黄昏时你们如一群小天使般飞到我家里。堃和璧每人手里捧着两束鲜花。花束上的凤尾草直拖到地上，堃个子太小，又怕踏了它，因此踮起脚来走着，璧先开口说："大姐！这是我们送你的纪念品。"

"呵！多谢！我的小鸟儿们！"我说过这话，心里真有些酸楚，回头看你们时，也都眼泪汪汪地注视着我，天真的孩子们！我真有些不该，使你们嫩弱的心灵上，受到离别的创伤！我笑着拉你们到房里，把我预备好了的许多小画片分给你们，并且每人塞了一块糖在嘴里，你们终竟笑了，我才算放了心。

七点多钟，我们分坐三辆汽车，一同来到东车站，堃和璧还不曾忘记那两束花。可怜的小手臂，一定捧得发酸了吧！我叫你们把它们放在箱子上，你们只笑着摇头，直到我的车票买好，上了二等车，你们才恭恭敬敬地把那两束花放在我身旁的小桌上。这时来送行的朋友亲戚竟挤满了一屋子，你们真乖觉，连忙都退出来，只站在车窗前，两眼灼灼地望着我。这使我无心应酬那些亲戚朋友，丢下他们，跑下车来，果然不出所料，你们都团团把我围住。可是你们并没多话说，只在你们的神色上，把你们惜别的真情，都深印在我心上了。

不久开车的铃声响了。我和你们握过手，跳上车去，那车已渐渐地动起来了。

"给我们写信！"在人声喧闹中，我听见堃这样叫着，我点头，摇动手中，而你们的影子远了。车子已出了城，我只向着那两束花出神，好像你们都躲在花心里，可是当我采下一朵半开的玫瑰细看时，我的幻想被惊破了。哦！我才知道从此我的眼前找不到你们，要找除非到我的心里去。

不知不觉，车子已到了丰台站。推开窗子，漫天涌着朵朵的乌云，那上弦的残月，偶尔从云隙里向外探头，照着荒漠的平原，显出一种死的寂静。我靠窗子看了半晌，觉得秋夜的风十分锐利，吹得全身发颤，连忙关上玻璃窗，躲在长椅上休息，正在有些睡意的时候，忽听见一阵细碎的声音，敲在窗上，抬起身子细看了，才知道已经下起雨来，这时车已到天津站了。雨越下越紧，水滴从窗子缝里淌了下来，车厢里满了积水，脚不敢伸下去，只好蜷伏着不动。

在听风听雨的心情中我竟沉沉睡去，天亮时我醒来，知道雨还不曾止，车窗外的天竟墨墨地向下沉，几乎立刻就要被活埋了。唉，亲爱的孩子们！这时我真想回去，同你们在一起唱歌、捉迷藏呢！

正在我烦躁极了的时候，忽然车子又停住了。伸头向外看看正是连山车站，我便约了同行的朋友，到饭车去吃些东西。一顿饭吃完了，而车子还没有开走的消息，我们正在猜疑，忽又遇见一个朋友，从头等车那面走来，我们谈起，才知道前面女儿河的桥被大水冲坏了，车子开不过去，据他说也许隔几个钟头便可修好，因此我们只好闷坐着等，可恨雨仍不止，便连到站台上散散步都办不到，而且车厢里非常潮湿，一群群的苍蝇像造反般飞旋。同时厕所里一阵阵的臭味，熏得令人作呕——而最可恼的是你们送我的那些鲜花，也都低垂了头，憔悴地望着我。

夜里八点了，仍然没有开车的消息。雨呢，一阵密一阵稀地下着，全车上的人，都无精打采地在打盹，忽然听见呜呜的汽笛声，跟着从东北开来一辆火车，到站停车，我们以为前面断桥已经修好，都不禁喜形于色，热望开车，哪晓得这时忽跳上几个铁路的路警和护车的兵士来，他们满身淋得水鸡似的，一个身材高高、年纪很轻的兵自言自语地道："差点没干了，好家伙，这群胡子，够玩的，要不仗了水深，他们早追上来了，瞎乒乓开了几十枪！……"

　　"怎么，没有受伤吗？"一个胖子护车警察接着问。

　　"还好！没有受伤的，唉，我们就没敢开枪，也顾不得要开车的牌子，拨转车头就跑回来了。"那高身材的兵说。

　　这个没头没脑的消息，多么使人可怕，全车的人，脸上都变了颜色。这二等车上有从北戴河上来的外国女人，她们听说胡子，不知是什么东西，也许她们是想到那戏台上所看见披红胡子的花脸了吗？于是一阵破竹般的笑声，打破了车厢里的沉闷空气。

　　后来经一个中国女医生把这胡子的可怕告诉她们，立刻她们耸了一耸肩皱皱眉头，沉默了！

车上的客人们，全为了这件事，纷纷议论，才知道适才那车辆，是从山海关开来的，车上有几箱现款，被胡子探听到了，所以来抢车，那些胡子都在陈家屯高粱地里埋伏着。只是这时山水大涨，高粱地上水深三尺多，这些胡子都伏在水里，因此走得慢，不然把车子包围了，两下里就免不了要开火，那就要苦了车上的客人，所以只好掉头跑回来了。现在这辆车也停在连山站，就是退回去都休想了，因为上一站绥中县也被大水冲了，因此只好都在连山过夜，连山是个小站，买东西极不方便，饭车上的饭也没有多少了，这些事情都不免使客人们着急。

夜里车上的电灯都熄了，所有的路警护车兵，都调到站外驻扎去了。满车乌黑，而且窗外狂风虎吼般地吹着，睡也不能入梦，不睡却苦无法消遣，真窘极了，好容易挨到村外的鸡唱五更东方有些发白了，心才稍稍安定——亲爱的小鸟儿们！我想你们看到这里也正为我担着心呢，不是吗？

我们车上，女客很少，除了几个外国女人外，还有两个年轻的姑娘，一个姓唐的，是比你们稍微大些，可是比你们更懂事。她是一个温柔沉默的女孩，这次为了哥哥娶嫂嫂同父亲回奉天参加典礼的。另外的那一个姓李，她是女子大学的学生，这次回家看她的母亲，并且曾打电报给家里，派人来接，因此她最焦急——怕她倚闾盼望的母亲担心，她一直愁容满面地呆坐着，亲爱的孩子们！我同那两个年轻的姑娘，在连山站的站台上，散着步时，我是深切地想到你们，假如在这苦闷的旅途里，有了你们的笑声歌声，我一定要快乐得多！而现在呢，我也是苦恼地皱着眉头。

中午到了，太阳偶尔从云缝里透出光来，我的朋友铁君他忽走来说道：恐怕这车一时开不成，吃饭睡觉都不方便，约我们到离这里不远的高桥镇去，那里他有一个朋友，在师范学校做教务主任。真的这车上太闷人，所以我就决定去了。

到了高桥镇，小小的几间破烂瓦房，原来就是车站的办公室了。走过一条肮脏的小泥路，忽见面前河水涟漪，除变成有翅翼的小天使，是没法过去的。后来一个乡下人，赶着一辆骡车来了，骡车你们大约都没有看见过吧！用木头做成轿子形成的一个车厢，下面装上两个轮子，用一头骡子拖着走，这种车子，是从前清朝的时候，王公大人常坐的。可是太不舒服了，不但脚伸不直，而且时时要挨暴栗——因为车子四周围都是硬木头做成的，车轮也是木头的，走在那坑陷不平的道路上，一颠一簸的，使坐在车里的人，一不小心，头上就碰起几个疙瘩来。

那个赶车的乡下人对我们说："坐我的车子过去吧！"

"你载我们到师范学校要多少钱？"我的朋友们问。

"一块半钱吧！"车夫说。

"怎么那么贵？"我们说。

"先生！你不知道这路多难走呢，这样吧，干脆你给一块钱好了！"

"好，可是你要拖得稳！"

我们把东西先放到车上，然后我坐在车厢最里面，那两个朋友一个坐在外面，一个坐在右车沿上，赶车的坐在左车沿，他一声"于，得"骡子开始前进了，走不到几步，那积水越发深了，骡子的四条腿都淹没在水里，车厢歪在一边，我的心吓得怦怦跳，如果稍稍再歪一些，那车厢一定要翻过来扣在水里，这是多么险呀！

这时候车夫用蛮劲的打那骡，打得那骡子左闪右避，脚踝上淌着鲜血，真叫我不忍心，连忙禁止车夫不许打，我们想了方法，先叫一个乡下人把两位朋友背过河去，然后再把东西拿出来，车子轻了，骡子才用劲一跳，离开了那陷坑，我才算脱了险。

下了车子，一脚就踏进黄泥漩里去，一双白皮鞋立刻染成淡黄色的了。而且水都渗进鞋里去，满脚都觉得湿漉漉的，非常不舒服，巅巅簸簸，最后走到了师范学校了。可是我真不好意思进去，一双水泥鞋若被人看见了，简直非红脸不可。亲爱的小鸟儿们！假使你们看见了我这副形象，我想你们一定要好笑，可是你们同时也一定替我找双干净的鞋袜换上。现在呢！我只有让它湿着。因为箱子没有拿来，也无处找干净鞋子，只把袜子换了，坐在椅子上等鞋干。

这个学校房屋破旧极了，而且又因连日的大雨，墙也新塌了几座，不过这里的王先生待我们很忠实，心里也就大满意了。我们分住在几间有雨漏的房子里，把东西放下后，王先生请我们到馆子里去吃饭，可是我们走到所谓的大街上，原来是一条长不到十丈，阔不满一丈的小土道，在道旁有一家饭馆，也就是这镇上唯一的大店了，我们坐下喝了一杯满是咸涩味儿的茶，点起菜来除了猪肉就是羊肉，我被这些肉装满了肚子，回来时竟胃疼起来了。

到了晚上，没有电灯，只好点起洋蜡头来，正想睡觉，忽听见远处哨子的响声，那令人丧胆的胡匪影子，又逼真地涌上我的心头，这一夜我半睁着眼挨到天亮。

一天一天像囚犯坐监般地过去，也竟挨过十天了。这时忽得到有车子开回北平的消息，虽然我们不愿意折回去，可是通辽宁的车也不知什么时候才能开。没有办法，只好预备先回天津，从天津再乘船到日本去吧！

夜半从梦里醒来，半天空正下着倾盆的大雨，第二天清晨看见院子里积了一二尺深的水，叫人到车站问今天几点钟有车，谁知那人回来说，轨道又被昨夜的大雨冲坏了——我们只得把已经打好的行李再打开，苦闷地等，足足又等了三天才上了火车，一路走过营盘、绥中等处，轨道都只用沙石暂垫起来的，所以车子走得像一条受了伤的虫子一般慢。挨到山海关时，车子停下来时，前途又发生了风波，车站上人声乱哄哄，有的说这车不往南开了。问他为什么不开，他支支吾吾的更叫人疑心，我们也推测不出其中的奥妙。后来隐约听见有人在低声地说："关里兵变，所以今夜这车不能开。"过了半点钟光景，我的朋友铁君又得了一个消息说："兵变的事，完全是谣言，车子立刻就开了！"

果然不久车子便动起来，第二天九点钟到了天津，在天津住了几天，又坐船到日本……呵！亲爱的孩子们，你们再想不到我又回到天津了吧！按理我应当再到北平和你们玩玩，不过我竟因了许多困难不能如愿——而且直到今天我才得工夫，把这一段艰辛的旅途告诉你们。亲爱的小鸟儿们，我想在这两年中，你们一定都长高了，但我愿你们还保持着从前那种纯真的心！

我愿秋常驻人间

庐隐

>>>

提到秋，谁都不免有一种凄迷哀凉的色调，浮上心头；更试翻古往今来的骚人、墨客，在他们的歌咏中，也都把秋染上凄迷哀凉的色调，如李白的《秋思》："……天秋木叶下，月冷莎鸡悲，坐愁群芳歇，白露凋华滋。"柳永的《雪梅香》："景萧索，危楼独立面晴空，动悲秋情绪，当时宋玉应同。"周密的《声声慢》："……对西风、休赋登楼。怎去得，怕凄凉时节，团扇悲秋。"

这种凄迷哀凉的色调，便是美的元素，这种美的元素只有"秋"才有。也只有在"秋"的季节中，人们才体验得去，因为一个人在感官被极度的刺激和压榨的时候，常会使心头麻木。故在盛夏闷热时，或在严冬苦寒中，心灵永久如虫类的蛰伏。等到一声秋风吹到人间，也正等于一声春雷，震动大地，把一些僵木的灵魂如虫类般地唤醒了。

灵魂既经苏醒，灵魂的感官便与世间万物相接触了。于是见到阶前落叶萧萧下，而联想到不尽长江滚滚来，更因其特别自由敏感的神经，而感到不尽的长江是千古常存，而倏忽的生命，譬诸昙花一现。于是悲来填膺，愁绪横生。

这就是提到秋，谁都不免有一种凄迷哀凉的色调浮上心头的原因了。

其实秋是具有极丰富的色彩、极活泼的精神的，它的一切现象，并不像敏感的骚人、墨客所体验的那种凄迷哀凉。

当霜薄风清的秋晨，漫步郊野，你便可以看见如火般的颜色染在枫林、柿丛和浓紫的颜色泼满了山巅天际，简直是一个气魄伟大的画家的大手笔，任意趣之所在，勾抹涂染，自有其雄伟的丰姿，又岂是纤细的春景所能望其项背？

至于秋风的犀利，可以洗尽积垢；秋月的明澈，可以照烛幽微。秋是又犀利又潇洒，不拘不束的一位艺术家的象征，这种色调，实可以苏息现代困闷人群的灵魂，因此我愿秋常驻人间！